소중한 _____ 에게

_____ 가(이) 선물합니다.

_____

홍당무

쥘 르나르 지음

1864년, 프랑스 중부 샬롱에서 태어난 소설가이자 극작가입니다. 소년 시절에 어머니의 사랑을
받지 못하여 어두운 나날을 보냈는데, 이 무렵의 추억이 훗날 성장 소설의 걸작이라 일컬어지는 「홍당무」를
쓰는 데 큰 보탬이 되었습니다. 집안이 가난하여 고등학교를 마치고 여러 직업을 전전하며 어려운 생활을 하던
르나르는 소설 「부평초」를 발표하여 특이한 감각을 가진 작가로 인정받았으며, 잇따라 「포도밭의 포도 재배자」
「박물지」 등의 명작을 발표해 널리 알려졌습니다. 1897년 이후 극작을 시작하여 「이별을 즐겁다」 「나날의 양식」
「베르네 씨」 등을 발표했으며, 1900년에는 「홍당무」를 각색·상연하여 호평을 받았습니다. 1907년
아카데미 콩쿠르 회원으로 선출된 그는, 1910년 동맥경화증으로 세상을 떠났습니다.

이상교 엮음

「소년」에 동시를 발표하면서 문단에 나왔고, 조선일보와 동아일보 신춘문예에 동시와 동화가
당선되었습니다. 지금은 동시·동화·그림책 등을 쓰고 있으며, 한국동화문학상·해강문학상·세종아동문학상·
불교아동문학상 등을 받았습니다. 작품으로는 그림책 「책을 사랑하는 아이로 키워 주는 동화」 「아주 조그만 집」
「그림 속 그림 찾기」, 동화집 「옴팡집 투상이」 「수탉을 이긴 깜동이 토끼」 「축하해요, 1학년」,
동시집 「나와 꼭 닮은 아이」 「자전거를 타는 내 그림자」 등이 있습니다.

2023년 4월 25일 2판 6쇄 **펴냄**
2011년 8월 20일 2판 1쇄 **펴냄**
2004년 9월 1일 1판 1쇄 **펴냄**

펴낸곳 (주)효리원
펴낸이 윤종근
지은이 쥘 르나르 · **엮은이** 이상교 · **그린이** 김혜영, 류영자(표지)
등록 1990년 12월 20일 · **번호** 2-1108
우편 번호 03147
주소 서울시 종로구 삼일대로 457, 406호
전화 02)3675-5222 · **팩스** 02)765-5222

ⓒ 2004, (주)효리원

ISBN 978-89-281-0121-4 64860

이메일 hyoreewon@hyoreewon.com
홈페이지 www.hyoreewon.com

홍당무

쥘 르나르 지음
이상교 엮음 / 김혜영 그림

 효리원
hyoreewon.com

주근깨투성이의 얼굴, 두더지 굴처럼 크고 깊은 콧구멍, 귀에는 늘 빵 부스러기 같은 귓밥이 들어 있고, 걸을 때는 발뒤꿈치를 부딪히면서 볼썽사납게 걷는 아이.

이 남자아이가 주인공으로 등장하는 『홍당무』를 쓴 쥘 르나르는 1864년, 프랑스에서 태어난 소설가이자 극작가입니다. 우수한 성적으로 고등학교를 마친 르나르는 대학에 가는 대신 철도 회사에서 근무하면서 문학을 공부했습니다.

그가 『홍당무』를 쓰게 된 동기는 암울했던 어린 시절의 경험 때문이었다고 합니다. 실제로 르나르에게는 누나와 형이 있었는데, 무슨 이유에서였는지 어머니는 누나와 형은 사랑하면서 막내인 르나르에게는 모질게 대했습니다. 어렵고 귀찮은 일은 모두 르나르에게 시키는 등 성미 고약한 새어머니처럼 심술을 부렸습니다.

한밤중에 형제들을 대신해 마당에 나가 닭장 문을 닫고 들어온 홍당무에게 어머니는 '이제부턴 밤마다 네가 닭장 문을 닫고 오라'고 말합니다. 형의 실수로 이마를 다친 홍당무에게 '조심성이 없다.'고 야단을 치면서, 제풀에 놀라 기절한 형을 감싸는 등 편애를 일삼았습니다.

어머니는 홍당무가 '잘못하기를 기다렸다가' 잘못을 저지르면 달려들어 나무라며 우스갯감으로 만들어 버리곤 했습니다.

　마침내 상냥하고 낙천적이던 홍당무도 집을 싫어하게 되었고, 어머니에 대해 반항적으로 변해 갔습니다. 심지어 가출과 자살까지도 생각하게 되었습니다.

　그러던 어느 날, 아버지와 이야기를 나누게 된 홍당무는 아버지도 자신과 똑같이 어머니를 마음에 들어하지 않는다는 사실을 알게 되었습니다. 어떻게 생각해 보면 불쌍하고 딱한 어머니입니다.

　홍당무는 마음을 돌려 예전의 순진하고 솔직한 아이로 돌아갑니다. 어찌 됐든 자신을 낳아 준 어머니를 사랑하기로 마음먹은 것입니다. 홍당무는 그렇게 어른이 되어 갔습니다.

　자칫하면 어둡게 그려질 수도 있는 이야기를 쥘 르나르는 독특한 유머와 시적 분위기를 살려 향기 높은 문학 작품으로 승화시켰습니다. 자연과 인간에 대한 따뜻한 사랑을 가슴에 간직한 작가로서 한 소년의 성장 과정을 꼼꼼하게 그려 나갔습니다.

　『홍당무』를 읽는 동안 여러분은 어린 소년이 얼마나 참을성 있게 인간을 이해하려 애썼는지 깨닫게 될 것입니다. 그러면서 여러분도 홍당무와 같이 지혜롭게 성장해 나갈 것이라 믿습니다.

엮은이 이상교

5

| 차례 |

닭장 문 ·· 8

강아지 피람 ·· 14

무서운 꿈 ··· 19

또 다른 버릇 ··· 22

토끼와 멜론 ·· 31

엽총 ··· 34

사라진 찻잔 ·· 41

아버지의 선물 ··· 45

수영 ··· 48

오노린 할머니 ··· 54

다시 찾은 냄비 ·· 62

정신을 잃은 펠릭스 ··· 67

쫓겨난 오노린 ··· 72

새로 온 하녀 아가트 ······································· 75

장님 거지 ··· 80

홍당무와 아가트 ··· 89

남자다운 용기 ··· 94

생닭 ··· 98

머리카락 ······························· 102

진드기 소동 ························· 106

새해 선물 ···························· 117

서운한 마음 ························· 123

아버지와 펜 ························· 126

홍당무와 아버지 르픽 씨가 나눈 편지 ········ 132

헛간 ······································ 141

대부 할아버지 ····················· 144

대부와 샘물 ························· 149

벨레 먹은 자두 ···················· 153

꼬마 신랑 신부 ···················· 156

레미와 올챙이 ····················· 161

고아 ······································ 165

미신 ······································ 168

파리 ······································ 172

낚싯바늘 ···························· 175

잃어버린 은화 ····················· 183

맨 처음 반항 ······················· 193

최후의 말 ···························· 198

논리 · 논술 Level Up! ················ 206

닭장 문

"쯧쯧, 오노린이 닭장 문 닫는 걸 또 잊은 모양이군."

르픽 부인이 밖을 내다보다가 혀를 끌끌 찼다.

어두컴컴한 안뜰 구석에 닭장 문이 활짝 열린 채 희미하게 드러나 있었다.

"펠릭스, 닭장 문 좀 닫고 오너라!"

어머니는 세 아이 중 큰아들인 펠릭스에게 말했다.

"엄마, 난 닭 시중이나 들려고 여기 있는 게 아니에요."

펠릭스는 창백한 얼굴에 겁이 많고 게을렀다.

"그럼, 에르네스틴! 네가 가서 닭장 문을 닫고 오너라."

"이렇게 캄캄한 밤에요? 싫어요. 무서워요."

펠릭스와 딸 에르네스틴은 꼼짝도 하지 않았다.

두 아이는 책상 위에 팔꿈치를 올려놓고 이마를 맞댄 채 책 읽기에 빠져 있었다.

"이런, 내 정신 좀 봐! 펠릭스와 에르네스틴에게 시키다니! 깜빡 잊고 있었어."

어머니는 낮게 중얼거리더니, 갑자기 큰 소리로 말했다.

"홍당무야, 당장 나가서 닭장 문 좀 닫고 오너라."

머리털이 붉고 뺨에 온통 주근깨투성이인 홍당무는 이 집의 막내아들이다. 홍당무는 형과 누나가 앉아 있는 책상 밑에서 아무것도 하지 않고 빈둥거리고 있다가 벌떡 일어나서 겁먹은 목소리로 말했다.

"엄마, 나도 캄캄해서 무서워요."

닭장까지는 조금 멀고 어두웠다.

"뭐라고? 무섭다니, 다 큰 녀석이! 말이나 될 소리냐? 군소리 말고 빨리 가서 닫고 와!"

르픽 부인은 눈을 크게 뜨고 소리쳤다.

"홍당무가 황소처럼 힘이 센 걸 나는 알고 있어."

에르네스틴이 약올리듯 말하자, 펠릭스도 거들고 나섰다.

"그래, 내 동생 홍당무는 정말 대단해. 넌 이 세상에서 무서

9

운 게 없잖아!"

형과 누나가 치켜세우자 홍당무는 어깨가 으쓱해졌다. 형과 누나의 칭찬을 듣고도 닭장 문을 닫지 못한다면 정말 부끄러운 일 같았다. 그래도 홍당무는 무서워서 속으로 떨고 있었다.

그러자 그걸 눈치챈 어머니가 어서 다녀오지 않으면 뺨을 한 대 때리겠다고 눈을 부릅떴다.

"거기는 너무 어두워요. 엄마, 불이라도 비춰 주세요."

홍당무는 울상이 되어 말했다.

하지만 어머니는 들은 체도 하지 않았다. 형 펠릭스도 우습다는 표정을 짓고는 책에서 눈을 떼지 않았다.

누나 에르네스틴만은 홍당무가 조금 안됐다고 생각했는지 촛불을 들고 복도 끝까지 바래다주었다.

"여기서 기다릴게, 빨리 뛰어갔다 와."

그러나 에르네스틴도 바람에 촛불이 꺼지자 재빨리 방으로 뛰어 들어가고 말았다.

겁에 질린 홍당무는 한 발짝도 움직이지 못하고 온몸을 와들와들 떨었다. 허벅지가 말을 듣지 않았고, 너무 긴장해서 발꿈치가 땅바닥을 파고들어가는 듯했다.

사방은 너무 캄캄해서 아무것도 보이지 않아, 장님이 되어 버린 것 같았다. 이따금 느닷없이 세찬 바람이 불어와 싸늘하게 식은 홑이불로 홍당무를 감싸서 무시무시한 곳으로 끌고 가려는 것 같았다.

'여우나 승냥이 같은 무서운 짐승이 나를 덮치면 어쩌지?'

홍당무는 어둠 속을 살금살금 걷다가 두 눈을 꼭 감고 닭장으로 뛰어갔다.

한걸음에 닭장까지 달려간 홍당무는 손으로 더듬어서 열쇠를 찾았다. 그러자 열쇠 소리에 놀란 닭들이 횃대 위에서 꼬꼬댁거리며 소란을 피우기 시작했다.

"이놈들아, 가만히 좀 있어! 나란 말이야, 나!"

홍당무는 닭장 문을 잠그기가 무섭게 쏜살같이 집 안으로 달려 들어갔다. 무사히 심부름을 끝내고 밝고 따뜻한 방으로 돌아온 것이다. 가쁜 숨을 몰아쉬면서도 홍당무는 자신이 너무도 자랑스러웠다. 흙이 묻은 무거운 옷을 벗고 가볍고 산뜻한 새 옷으로 갈아입은 기분이었다.

'닭장에 다녀오는 동안 식구들이 얼마나 걱정했을까? 내가 용감한 아이라고 모두들 칭찬하겠지?'

그러나 펠릭스와 에르네스틴은 홍당무가 닭장 문을 닫으러 갔다는 사실조차도 기억에 없다는 듯, 조금 전과 마찬가지로 열심히 책을 읽고 있었다.

이윽고 어머니가 침착한 목소리로 입을 열었다.

"홍당무야, 이제부턴 밤마다 네가 닭장 문을 닫고 오너라!"

강아지 피람

등불 밑 탁자에 홍당무네 가족이 모여 있었다. 늘 그랬던 것
처럼 아버지 르픽 씨는 팔을 괸 채 신문을 읽고 있었고, 에르
네스틴은 상품으로 받은 책에 고개를 파묻고 있었다. 어머니
는 뜨개질에 여념이 없었고, 펠릭스는 난롯가에서 발을 녹이
고 있었다.

홍당무는 마룻바닥에 앉아 무언가 깊은 생각에 골똘히 잠겨
있었다. 이때, 발수건을 덮고 자던 강아지 피람이 조용한 방
안의 공기를 흔들어 놓았다. 무엇에 놀랐는지 갑자기 으르렁
거리기 시작한 것이다.

"피람, 시끄러워!"

아버지가 피람을 향해 크게 소리쳤지만, 피람은 그치기는커녕 더 큰 소리로 으르렁댔다.

"시끄럽다니까 그러는구나!"

이번에는 어머니가 소리를 질렀다. 그런데도 피람은 여전히 으르렁대기만 했다. 그러다가 갑자기 모두 깜짝 놀랄 만큼 사납게 짖어 대기 시작했다.

어머니는 얼굴이 새하얗게 질린 채로 가슴에 손을 얹었다. 아버지는 이를 악문 채 눈을 부릅뜨고 피람을 노려보았다. 개가 으르렁대는 소리와 개를 야단치는 펠릭스의 고함 소리가 한데 뒤섞여, 순식간에 집 안은 몹시 소란스러워졌다.

"조용히 하라니까, 이 바보 같은 개야!"

야단을 쳐도 피람이 기승을 부리자, 아버지가 더 참지 못하고 피람을 발로 걷어찼다.

펠릭스가 일어나서 피람의 입을 틀어막으려 했지만, 피람은 오히려 더 날뛰었다.

바람 때문인지 유리창이 덜커덩덜커덩 소리를 냈다.

양철 연통이 흔들리는 소리가 나자 에르네스틴은 찢어지는 듯한 비명을 질렀다.

아무도 시키지 않았지만 홍당무는 무슨 일인가 싶어 벌떡 일어나 바깥을 살펴보려고 방을 나섰다.

아직 사람들이 지나다니는 시간인데, 도둑이 담벼락을 기어 오를 리는 없었다.

홍당무는 캄캄한 복도를 더듬거리면서 살펴보고, 현관의 빗 장을 덜거덕 소리를 내면서 흔들어 보기도 했다. 그러고는 세 게 잡아당겨 보기도 했다.

예전 같으면 위험한데도 밖으로 뛰어나갔을 것이다. 그리고 밖으로 나가 휘파람을 불거나 큰 소리로 노래를 부르고, 또 제 자리에 서서 발을 쾅쾅 구르기도 하면서, 혹시 있을지도 모르 는 수상한 사람을 쫓아내려 했을 것이다. 그러나 홍당무는 이 제 그렇게 하지 않았다.

아버지와 어머니는 홍당무가 용감하게 집 주변을 찬찬히 둘 러보고 있을 거라고 생각할 것이다. 그러나 사실은 그렇지가 않았다. 홍당무는 그저 가만히 문 뒤에 서 있을 뿐이었다. 다 만 한 가지 걱정되는 것은, 시도 때도 없이 터져 나오는 기침 과 재채기였다.

홍당무는 숨을 죽인 채 고개를 들어 밖을 내다보았다. 현관 문 위의 창문으로 별이 하나둘 빛나고 있었다. 맑고 차가운 별 빛을 보자 홍당무는 그만 온몸에 소름이 돋았다. 이제 집 안으

로 들어가야 할 것이다.

연극은 시간을 너무 오래 끌어서는 안 된다. 조금이라도 의심을 받게 되는 날엔 지금까지의 노력이 모두 헛일이 되고 말기 때문이다.

홍당무는 작은 손으로 묵직한 빗장을 덜거덕 흔들면서 녹슨 꺾쇠 안에서 삐걱거리는 빗장을 깊숙이 밀어 넣었다.

이 요란한 소리를 들으면 누구라도 홍당무가 멀리까지 나가 자기가 할 일을 마치고 돌아온 것으로 생각할 것이다. 홍당무는 식구들을 속이는 것이 미안해서 등이 간지러운 듯했다.

일을 모두 끝낸 홍당무는 식구들을 안심시키려고 재빨리 집 안으로 들어갔다.

홍당무가 들어서자, 피람은 짖는 것을 멈추고 조용해졌다. 식구들은 아무 일도 없었다는 듯이 아까 하던 일을 계속하고 있었다.

홍당무는 아무도 묻지 않았는데, 여느 때처럼 혼자 이렇게 중얼거렸다.

"피람이 공연히 짖어 댄 거야. 밖엔 아무 일도 없어."

무서운 꿈

홍당무는 집에 손님이 와서 자고 가는 것을 몹시 싫어했다. 어쩌다 손님이 자고 갈 일이 생기면, 홍당무는 자기 방에서 쫓겨나 어머니와 한 침대에서 자야 했다.

낮에도 실수를 많이 해 잔소리를 듣지만, 홍당무는 밤이면 나타나는 나쁜 버릇이 있었다. 그것은 어마어마하게 큰 소리로 코를 고는 것이었는데, 모르는 사람은 홍당무가 일부러 코를 고는 것이 아닌가 의심할 정도였다.

오늘도 홍당무는 어머니와 함께 자야 했다. 자고 가는 손님이 있었기 때문이다.

휑하게 큰 방에 침대가 두 개 놓였는데, 하나는 아버지의 침대이고, 하나는 어머니의 것이었다.

홍당무는 자기 전에 담요를 머리끝까지 뒤집어쓰고 가볍게 헛기침을 했다. 목구멍에 걸린 것을 없애기 위해서였다.

홍당무는 다시 콧구멍이 막혀 있지 않은지 알아보기 위해 콧구멍을 벌름거리며 숨을 크게 들이마셨다. 그리고 공기가 세게 드나들지 못하도록 숨을 참으면서 콧구멍을 될 수 있는 한 크게 벌리는 연습을 되풀이했다. 이 정도의 준비 운동이면 괜찮아야 할 것이다.

그렇지만 홍당무는 잠이 들자마자 드르렁거리며 코를 골기 시작했다.

홍당무가 코를 골면 함께 자는 어머니는 곧바로 뾰족한 손톱으로 홍당무의 엉덩이를 꼬집었다. 피가 날 정도로 아프게 꼬집었다. 그것은 어머니가 가장 쉽게, 그리고 자주 써먹는 방법이었다. 홍당무의 비명 소리에 놀란 아버지가 어머니에게 물었다.

"저 애가 왜 저러지?"

"무서운 꿈이라도 꾸는 모양이에요."

어머니는 시치미를 떼고 이렇게 대답했다. 그러고는 갑자기 자상하고 정겨운 목소리로 자장가 한 소절을 부르기 시작했다. 아픈 것도 그렇지만 어머니의 꾸며낸 목소리는 더 듣기 거북했다.

홍당무는 온몸에 힘을 주어 이마와 무릎을 벽에 붙인 다음, 두 손으로 엉덩이를 단단히 가렸다. 그것은 코를 고는 것과 함께 엉덩이로 달려오는 무지막지한 손톱의 습격에서 조금이라도 벗어나기 위해서였다.

이렇게 괴상한 꼴로, 홍당무는 다시 침대 안쪽에서 어머니와 나란히 누워 잠을 청해야 했다.

또 다른 버릇

홍당무는 잠잘 때 코를 고는 것 말고도 밤이면 이불에 오줌을 싸는 버릇이 있었다. 여름에는 그것이 문제가 되지 않았다. 낮이 길어 저녁 8시가 되어도 어둡지 않고, 밖에 사람들이 많이 지나다녀 별로 무섭지 않았다. 홍당무는 잠자기 전에 한 바퀴 돌면서 시궁창에 오줌을 누었다. 그렇게 하면 아침까지 오줌을 쌀 걱정은 하지 않아도 되었다.

그러나 겨울에는 한밤중에 밖으로 나가는 일이 여간 괴롭지 않았다. 저녁이 되어 닭장 문을 잠그고 난 홍당무는, 이불에 오줌을 싸게 될까 봐 은근히 걱정이 되었다. 저녁밥을 먹고 나서 어물어물하다 보면 금방 8시가 되고 만다.

그날 밤도 홍당무는 자기 자신에게 물어보았다.

'오줌 마렵니, 안 마렵니?'

항상 '마렵다.'는 대답이 나왔다. 하지만 도저히 참을 수 없 거나 아니면 달이 아주 밝아서 용기가 마구 솟아날 때만 그렇 게 대답했다.

시궁창은 집에서 멀리 떨어진 들 한가운데에 있었다. 하지만 그 먼 곳까지 갈 필요는 없었다. 대개는 계단 아래까지만 가면 볼일을 마칠 수 있으니까. 말하자면 그때그때 상황에 따라 조 금씩 달라질 수 있었다.

그날 밤에는 하늘에 커다란 구멍이라도 뚫린 듯 굵은 비가 사정없이 쏟아지고 있었다. 구름은 별빛을 지워 버렸고, 목장 의 호두나무는 몰아치는 바람에 미친 듯이 흔들리며 윙윙 소 리를 냈다.

'마침 잘됐군!'

무서워서 밖에 나가기 싫었던 홍당무는 비가 쏟아지고 있는 밖을 내다보면서 그럴듯한 핑곗거리가 생겼다고 좋아하며 '오 줌 마렵지 않아.' 하고 결정을 내렸다.

홍당무는 식구들에게 저녁 인사를 하자마자 촛불을 들고 복 도 오른쪽 끝에 있는 자기 방으로 들어갔다.

홍당무는 옷을 벗고 침대 속으로 들어가 어머니가 오기를 기다렸다. 잠시 후 홍당무의 방으로 온 어머니는 홍당무가 이불을 차내지 못하도록 이불 끝을 침대 가장자리에 꾹꾹 밀어 넣고는 촛불을 껐다. 어머니는 초는 방에 두고 갔지만 성냥을 두고 가는 일은 없었다. 그런 다음 밖에서 문을 단단히 잠갔다.

홍당무는 그때부터 혼자만의 시간을 갖는 즐거움에 푹 빠져들었다. 홍당무에게는 혼자 상상의 세계에 푹 빠져 들 수 있는 시간이 유일한 즐거움이었다.

하루 동안 있었던 일들을 되새겨 보면서 잠을 청했다. 홍당무는 곧 유쾌하지 않은 기분을 느꼈다.

'큰일 났네! 그렇지만 할 수 없잖아.'

홍당무는 모르는 체 잠을 청했다. 하얀 요강 단지가 침대 밑에 놓여 있지 않은 것을 알고 있으면서 말이다.

"나는 무슨 일이든 잊어버리지 않아."

어머니는 늘 그렇게 주장을 하지만, 요강 갖다 놓는 것을 언제나 잊어버렸다.

'어차피 자는 동안 누게 되고 말 거야. 참을수록 더 많이 누게 될 테니 이왕이면 빨리 누는 것이 나을 거야. 젖은 시트를 체온으로 말리면 될 테니까. 이제까지 단 한 번도 어머니에게

들킨 적이 없으니까 걱정할 것 없어.'

홍당무는 안심하고 눈을 감았다. 얼마나 잤을까? 문득 잠에서 깨어난 홍당무는 온 신경이 아랫배로 쏠렸다.

"이거 큰일 났네!"

사정이 아주 나빴다. 오늘은 걱정 없을 거라고 생각했던 것이 잘못이었다. 미적거리며 게으름을 피운 벌이 어김없이 돌아오고 만 것이었다.

홍당무는 침대에서 일어나 곰곰이 생각해 보았다. 방문은 밖으로 잠겨 있고, 창문에는 창살이 박혀 있기 때문에 도저히 밖으로 나갈 수가 없었다. 혹시 하는 생각에서 홍당무는 꼭꼭 잠긴 문과 창문을 만져 보았다.

그리고 마룻바닥에 엎드려 헤엄치듯 두 손을 허우적거렸다. 없는 줄 뻔히 알면서도 요강을 찾아보기 위해서였다.

홍당무는 몸을 흔들며 방 안을 왔다 갔다 했다. 점점 팽팽해져 오는 아랫배를 두 주먹으로 힘껏 누르고 있었다.

"엄마, 엄마!"

들리지도 않을 만큼 작은 소리로 엄마를 불렀다. 정말로 어머니 귀에 들렸다가는 혼이 나기 때문이었다.

홍당무는 더 이상 참을 수가 없었다. 그래서 펄쩍펄쩍 춤을

추듯 뛰어다니다가 벽에 부딪혀 머리에 혹이 나기도 하고, 침대 다리에 걸려서 우당탕 넘어지기도 했다. 그러다가 난로에 세게 부딪히고 말았다.

홍당무는 아픈 것을 생각할 겨를도 없이 재빨리 난로 뚜껑을 열고 시원하게 오줌을 누었다.

"아휴, 이제 살 것 같다!"

비는 점점 더 많이 쏟아지고 밤은 깊어 갔다.

이튿날 아침, 먼동이 틀 무렵에야 겨우 잠들었던 홍당무는 그만 늦잠을 자고 말았다.

방문을 열고 들어선 어머니는 얼굴을 잔뜩 찌푸렸다.

"아이고, 이게 무슨 냄새지? 이상한 냄새가 나는데……."

"엄마, 안녕히 주무셨어요?"

홍당무는 어머니의 물음에 대답하지 않고 아침 인사를 했다.

그러나 어머니는 인사도 받지 않고 침대 앞으로 다가가 느닷없이 시트를 젖혔다. 시트가 멀쩡하자 방 안 구석구석 냄새를 맡으며 돌아다녔다. 현장이 발견되기까지 별로 시간이 걸리지 않았다.

"배가 너무 아팠어요, 엄마. 그런데 아무리 찾아보아도 요강이 없었어요!"

홍당무는 얼굴이 시뻘게져서 변명을 했다.

"뭐라고? 이런 거짓말쟁이 같으니!"

어머니는 밖으로 나가더니 흰 요강을 뒤에 감춰 들고 들어와서는, 홍당무가 눈치채지 못하도록 재빨리 침대 밑으로 밀어넣었다. 그러고는 어쩔 줄 모르고 서 있는 홍당무를 밀어붙인 다음, 집안 사람들을 불러 놓고 큰 소리로 야단을 쳤다.

"요강을 두고도 난로에다 오줌을 누는 이런 녀석의 어미 노릇을 해야 하다니! 기가 막혀서 말이 안 나오는구나."

어머니는 물이 든 양동이와 걸레를 가져오게 하더니, 마치 불을 끄듯 난로에 물을 끼얹었다. 그리고 홍당무의 침대를 흔들면서 숨이 넘어갈 듯한 소리로 말했다.

"아이고, 이 고약한 냄새 때문에 답답해 죽겠네! 빨리 창문을 열어야겠어!"

어머니는 창문을 활짝 열어젖히면서 손짓 발짓을 해 가며 잔소리를 늘어놓았다.

"정말이지 한심하기 짝이 없는 멍텅구리 녀석이야! 바보 같으니! 제발 사람 구실 좀 해라. 짐승과 다를 게 뭐가 있니! 짐승이라도 요강을 갖다 놓으면 그걸 사용한다는 것쯤은 눈치챌 텐데 말이다. 도대체 넌 어떻게 된 거니? 이 어리석은 바보 녀석은 난로에다 오줌을 누고……. 이럴 땐 머리가 팽팽 돌아가는구나. 네 녀석 때문에 화가 나서 죽을 것 같아. 으아아, 미칠 것만 같다고!"

셔츠 하나만 걸친 맨발의 홍당무는 하얀 요강을 물끄러미 내려다보았다.

'이상하다. 어젯밤엔 분명히 없었는데…….'

어젯밤에는 없었던 요강이 침대 밑에 놓여 있다니, 귀신이 곡할 노릇이었다. 집안 사람들은 어떻게 된 일인지 몰라 모두 어리벙벙했다.

이웃 사람들까지도 몰려와 좋은 구경거리가 생긴 듯 구경하며 웃었다. 사람들 사이에는 지나가던 우편 배달부도 끼어 있었다. 그들은 신이 나서 홍당무를 놀려 댔다.

참다 못한 홍당무는 크게 소리 질렀다.

"나는 절대로 거짓말을 하지 않아요!"

토끼와 멜론

"홍당무, 넌 멜론 싫어하지? 넌 나를 닮아서 멜론을 좋아하지 않잖니."

어머니가 식구들에게 멜론을 나누어 주면서 말했다.

'그래요. 전 멜론을 싫어하는지도 모르죠.'

홍당무가 좋아하는 것과 싫어하는 것은 대개 어머니에 의해서 정해졌다. 아무리 홍당무가 좋아하는 것도 어머니가 싫어하는 것이라고 말하면 싫다고 해야 했다.

치즈에 대해서도 어머니는 이렇게 말했다.

"홍당무는 치즈를 싫어하니까 먹지 않을 거야."

어머니의 말에 홍당무는 아무 소리도 하지 않고 고개를 끄덕

였다.

"엄마 말이 맞아요. 난 치즈 같은 건 싫어해요."

무심코 이렇게 말하고 치즈를 먹는 날에는 된통 혼이 났다.

그렇지만 머지않아 혼자 멜론 맛을 볼 수 있는 즐거운 비밀의 시간이 올 것이다. 홍당무는 잠자코 그 시간을 기다렸다. 간식으로 멜론 먹는 시간이 지나자, 어머니는 홍당무에게 심부름을 시켰다.

"홍당무야, 이 멜론 껍질을 토끼에게 갖다 주렴."

홍당무는 멜론 껍질을 떨어뜨리지 않으려고 접시를 반듯하게 들고는 조심스럽게 토끼장 쪽으로 걸어갔다.

홍당무가 토끼장으로 들어가자, 토끼들은 기다란 귀를 쫑긋 세우고 코를 실룩거리면서, 마치 북이라도 칠 것처럼 앞발을 내밀고 홍당무를 둘러쌌다.

"잠깐만 기다려. 우리 사이 좋게 나누어 먹자."

홍당무는 토끼들이 먹다 남긴 들국화 뿌리와 양배추 찌꺼기 따위가 지저분하게 널려 있는 토끼장 바닥에 털썩 주저앉았다. 그런 다음 멜론 씨를 토끼들에게 주기 전에 그 즙을 빨아 먹었다. 그것은 포도즙처럼 달콤하고 향긋했다.

홍당무는 식구들이 먹다 남긴 연하고도 달콤한 부분을 남김없이 갉아먹었다. 초록색 껍질만 남게 되면 그것을 토끼들에게 던져 주었다. 토끼장의 문은 꼭 닫아 놓아야 했다. 잘못해서 어머니에게 들키기라도 하면 큰일이 나기 때문이다.

서쪽 하늘로 기울어 가는 저녁 해가 지붕의 구멍을 통해 어둡고 썰렁한 토끼장 속에 한 줄기 빛을 던지고 있었다.

엽총

"너희들, 총은 한 자루면 되겠지? 사이 좋은 형제들은 무엇이든지 나눠 쓴단다."

아버지가 두 아들에게 사냥 도구를 챙겨 주며 말했다.

"네, 둘이서 번갈아서 쓰면 돼요. 홍당무가 저에게 빌려주는 걸로 하면 돼요. 그러니까 총은 홍당무에게 주세요."

형 펠릭스가 말했다. 홍당무는 아무 말도 하지 않았다. 형의 말을 믿을 수 없기 때문이다.

"허어, 제법 형다운 말을 하는구나. 기특한데!"

아버지는 홍당무의 어깨에 총을 걸어 주었다.

"그럼, 애들아, 잘 다녀오너라. 싸우지 말고 사이 좋게 놀다 와야 해!"

"아버지, 개를 데리고 가도 돼요?"

홍당무의 질문에 아버지는 고개를 저었다.

"개는 필요 없을 것 같구나. 너희가 번갈아 가며 사냥개 역할을 하면 되지 않겠니? 게다가 너희들처럼 솜씨 좋은 사냥꾼이 짐승에게 상처만 입히고 놓치겠니? 분명히 한방에 잡을 수 있을 거야."

이윽고 홍당무는 형 펠릭스와 함께 사냥을 나섰다. 두 사람은 집에서 입던 옷을 그대로 입고 떠났다. 가죽 장화를 신지 않은 것이 조금 어색했지만, 아버지는 진짜 사냥꾼이라면 장화 따위에는 신경을 쓰지 말아야 한다고 말했다.

홍당무의 어깨가 비쩍 말라서 무거운 총이 자꾸 미끄러져 내렸다. 하지만 펠릭스는 그것을 알면서도 모른 체했다. 그리고 이렇게 말했다.

"빈손으로 돌아가는 일은 없겠지?"

"물론이지, 문제없어!"

홍당무의 어깨 아래로 늘어진 총대는 몹시 무겁고 거추장스러워 보였다. 못 본 체하던 펠릭스가 홍당무에게 선심을 쓰듯 말했다.

"홍당무야, 신나지? 싫증날 때까지 총을 메고 가도 좋아!"

"그래, 역시 형이 최고야!"

그때 참새들이 떼를 지어 날아올랐다. 홍당무는 형에게 움직이지 말라고 눈짓을 했다.

참새들은 이 나뭇가지에서 저 나뭇가지로 날아다녔다.

두 사냥꾼은 몸을 굽히고 살금살금 앞으로 다가갔다. 그러나 참새들은 잠시도 한 자리에 가만히 있지 못하고 짹짹거리면서 이곳저곳으로 날아다녔다.

참새들이 다른 곳으로 옮겨 앉을 때마다 펠릭스는 알아듣지 못할 욕을 퍼부었다. 홍당무는 가슴이 두근두근 뛰었지만 서두르지는 않았다. 멋진 솜씨를 보여 주어야겠다고 생각하니까, 그때가 다가오는 것이 오히려 두렵기도 했다.

'만일 실수한다면…….' 하는 생각이 들자, 기회가 미루어질 때마다 오히려 안도의 한숨이 나왔다. 그러나 이번에는 참새들이 두 형제를 기다려 주는 것 같았다.

홍당무는 어깨에서 총을 내렸다. 그러자 펠릭스가 말렸다.

"아직 쏘지 마! 너무 멀어."

"가까운 것 같은데…….."

홍당무는 고개를 갸웃거렸다.

"우리가 몸을 숙이고 있어서 가까이 보이는 거야. 바로 앞에 있는 것같이 보여도 사실은 꽤 먼 거리란 말야."

펠릭스는 자기 생각이 옳다는 것을 증명해 보이기라도 하듯 벌떡 일어났다. 그 바람에 깜짝 놀란 참새들이 모두 한꺼번에 날아올랐다.

그런데 그중의 한 마리가 꼬리를 바짝 치켜들고 나뭇가지 끝에 가만히 앉아 있었다. 그 녀석은 고개를 좌우로 흔들면서 날아오른 참새들을 보고 짹짹거렸다.

"옳지, 됐다! 저 높이라면 문제 없어!"

홍당무가 총을 겨누려 하자, 펠릭스는 다시 홍당무의 팔을 잡으면서 급히 말했다.

"어디 봐! 응, 좋았어. 총을 어서 내게 주고 넌 저리 비켜!"

펠릭스의 말이 떨어지기가 무섭게 총은 어느새 홍당무의 손에서 펠릭스의 손으로 옮겨졌다.

홍당무는 빈손을 맥없이 늘어뜨린 채 멍하니 입만 벌리고 있었다. 홍당무의 손에서 총을 빼앗은 펠릭스는 재빨리 새를 겨냥했다. 그리고 방아쇠를 당겼다.

'탕!' 하는 소리가 들리는 순간, 참새가 나뭇가지에서 떨어졌다. 조금 전까지 소중하게 들고 있던 총이 갑자기 홍당무의 손에서 사라지더니, 순식간에 다시 홍당무의 손으로 돌아왔다. 마치 요술을 부리는 것 같았다.

이번에 펠릭스는 사냥개 역할까지 했다. 총을 홍당무에게 돌려준 그는 재빨리 뛰어가서 참새를 주워 들고 홍당무를 돌아보며 외쳤다.

"넌 왜 그렇게 꾸물대는 거냐? 빨리빨리 하지 않고!"

홍당무는 신이 나지 않았다.

"아니, 난 그러고 싶지 않아."

"뭐라고? 너 화났니?"

"그래, 화났어."

"어쨌든 참새를 잡았으니까 됐잖아. 실패했을 경우를 생각해 보란 말이야."

"아니, 그게 아니고……."

"네가 잡으나 내가 잡으나 마찬가지 아니니? 오늘은 내가 잡았으니까 내일은 네가 잡으면 돼."

"내일은 내가 잡게 해 주겠다고?"

"그래, 약속할게."

"형은 항상 내일이라고 하더라."

"맹세할게. 됐지?"

"좋아. 그보다 참새나 더 찾아보자. 이번에는 내가 쏠게."

"안 돼, 이제 그만 돌아가자. 오늘은 너무 늦었어. 참새는 엄마에게 구워 달래자. 잡은 참새는 네게 줄 테니 주머니에 넣어 둬. 아이고, 멍청아! 그렇게 몽땅 넣으면 어떡해? 주둥이는 밖에서 보이게 넣어야지."

참새를 주머니에 넣은 홍당무는 총을 메고 펠릭스의 뒤를 따라 집으로 돌아왔다.

형제가 집으로 돌아오는 데 농부 아저씨가 썰렁한 농담을 건넸다.

"얘들아, 설마 너희 아빠를 쏜 건 아닐 테지?"

홍당무는 꽁한 마음이 풀려 의기양양해서 돌아왔다.

아버지는 두 아들을 보자 놀라서 물었다.

"아니, 홍당무야, 아직도 총을 메고 있구나. 이제까지 네가 메고 다닌 거냐? 총은 너만 쏜 거냐고?"

"그게……."

홍당무는 우물쭈물 얼버무리며 말끝을 흐렸다.

사라진 찻잔

홍당무는 이제 식사 때 포도주를 마시지 않기로 했다. 벌써 며칠 전부터 포도주를 마시지 않았다. 너무도 간단하게 끊어 버려서 식구들은 모두 깜짝 놀랐다. 홍당무가 포도주를 마시지 않게 된 이유는 이렇다.

어느 날 아침, 어머니가 홍당무의 찻잔에 포도주를 따르려고 하자 홍당무가 손을 흔들었다.

"엄마, 전 포도주를 마시지 않겠어요. 지금은 목이 마르지 않거든요."

그날 저녁 식사 때에도 홍당무는 같은 말을 했다.

"전 포도주를 마시지 않겠어요. 아까와 마찬가지로 목이 마르지 않으니까요."

"경제적이라서 좋구나. 네 덕에 식구들 몫이 더 돌아가게 됐으니. 고맙구나, 홍당무야!"

그렇게 해서 홍당무는 그날 아침부터 밤까지 포도주를 한 잔도 마시지 않았다. 날씨가 서늘한 탓인지 별로 목이 마르지 않았던 것이다.

다음 날 아침이었다. 어머니는 식탁 위에 그릇들을 늘어놓으면서 물었다.

"홍당무야, 오늘은 포도주를 마실 거니?"

"글쎄요, 아직 모르겠어요."

"그럼 마음대로 하렴. 마시고 싶으면 찬장에서 찻잔을 꺼내 마시도록 해라."

홍당무는 찻잔을 꺼내 오지 않았다. 정말 마시고 싶지 않았던 건지 귀찮아서인지, 아니면 제 손으로 찻잔을 꺼내 오기가 쑥스러워서인지 알 수 없었다.

"홍당무도 이젠 점잖아졌구나. 참을 줄도 알고."

그러자 곁에 있던 아버지도 한 마디 거들었다.

"좋은 일이다. 그런 습관은 언젠가는 너에게 큰 도움이 될 거다. 예를 들면 혼자서 낙타도 없이 사막을 헤매거나 할 경우에 말이다."

아버지의 말에 형, 누나도 가만히 있지 않고 참견을 했다.

"아마 일주일 정도는 안 마시고 견딜 수 있겠지?"

누나 에르네스틴이 홍당무를 바라보면서 말했다.

"천만에! 사흘을 넘기지 못할걸. 이번 일요일까지만 가도 많이 견디는 셈이지."

펠릭스가 옆에서 빈정거렸다.

그러자 홍당무는 미소를 지으며 말했다.

"난 목이 마르지 않으면 언제까지라도 마시지 않을 거야. 토

끼나 모르모트처럼. 그놈들이 대단해서 그런 줄 알아?"

"바보 같은 소리 마. 너는 모르모트와 달라."

펠릭스의 말에 홍당무는 은근히 화가 났다. 모두에게 자기의
의지가 얼마나 굳센지를 보여 주지 않을 수 없었다.

어머니는 그 무렵부터 홍당무의 찻잔을 내놓지 않았다. 홍당
무도 달라고 하지 않았다. 식구들의 비꼬는 듯한 칭찬이든 진
실 어린 감탄이든 홍당무는 신경 쓰지 않았다.

"홍당무 녀석은 병이 난 게 아니면 약간 돈 걸 거야."

"우리 몰래 마시는 게 아닐까?"

하지만 그것도 처음 얼마 동안이었다. 나중에는 관심조차 기
울이지 않게 되었다. 목이 마르지 않다는 증거를 보이기 위해
홍당무가 혀를 내밀어 보이는 횟수도 차츰 줄어들었다. 가족
들과 이웃 사람들도 이제는 홍당무가 포도주를 마시지 않는
것에 대해 관심을 갖지 않았다.

홍당무 자신도 이제는 포도주 잔 같은 것은 잊어버린 지 오
래였다. 주인을 잃은 찻잔은 사람들의 기억에서 잊혀진 채 찬
장에서 잠자고 있었다. 그리고 어느 날부터인가 홍당무의 찻
잔은 오노린 할머니가 램프를 닦는 데 쓰는 모래를 담아 두는
그릇으로 쓰이게 되었다.

아버지의 선물

아버지가 파리에서 돌아온 날 아침이었다. 르픽 씨는 아이들에게 선물을 주려고 여행 가방을 열었다. 먼저 펠릭스와 에르네스틴에게 선물을 주었다. 두 사람은 정말 마음에 드는 멋진 선물이라며 호들갑을 떨어 댔다.

그러고 나서 아버지는 두 손을 등 뒤로 감추면서 놀리듯이 홍당무를 쳐다보았다.

"자, 네 차례다 홍당무야! 네가 갖고 싶은 게 뭐니? 나팔이냐, 권총이냐?"

홍당무는 사실 권총보다 나팔이 더 갖고 싶었다. 그러나 홍당무는 조심성 많은 아이였다. 제 또래의 아이들이 펄펄 뛰면서 좋아할 장난감이 무엇인가 곰곰이 생각해 보았다.

홍당무는 전쟁놀이에 쓸 칼과 총이 떠올랐다. 홍당무도 이제 눈에 띄는 것은 무엇이든지 닥치는 대로 던지고 싶은 충동을 느낄 만한 나이가 된 것이다.

아버지라면 아이들의 그런 마음을 잘 알고, 틀림없이 자기가 원하는 것을 사 왔으리라고 믿었다.

홍당무는 딱 잘라서 말했다.

"전 권총이 갖고 싶어요."

그리고 아버지의 마음을 빤히 알고 있다는 듯 조금 들뜬 목소리로 이렇게 말하기까지 했다.

"숨기셔도 아무 소용 없어요. 다 보이는데 뭘 그러세요? 빨리 주세요."

홍당무의 말에 아버지는 몹시 난처한 듯한 표정을 지었다.

"그래? 넌 권총이 좋단 말이냐? 그렇다면 넌 또 마음이 달라졌나 보구나."

아버지의 말에 이번에는 홍당무가 당황하고 말았다.

"아니에요, 아버지. 농담이었어요. 난 권총 같은 건 정말 싫어해요. 빨리 나팔을 내놓으세요. 내가 얼마나 나팔을 불고 싶어했는데요. 아버지께 나팔 부는 모습을 보여 드리고 싶어요."

그러자 어머니가 옆에서 끼어들었다.

"그렇다면 왜 거짓말을 한 거니? 아버지를 골탕먹이려는 수작이냐? 나팔을 좋아하면서 권총이 좋다고 하고, 또 보이지도 않는 권총이 보인다고 거짓말까지 해 가면서 말이야. 거짓말을 한 벌로 너에겐 권총도 나팔도 줄 수 없어! 당분간 내가 가지고 있을 테니 그리 알아. 자, 구경이나 실컷 해 두렴. 빨간 술이 세 개나 달려 있고 장식을 한 깃발이 달려 있는 나팔이야. 잘 봤지? 봤으면 밖에 나가 놀아. 너 같은 녀석은 휘파람이나 부는 게 어울려!"

어머니는 나팔을 높은 벽장 위에 올려놓았다. 홍당무에게는 보이지도 않고, 손에 닿지도 않는 곳이었다. 나팔은 먼지가 수북이 쌓여 있는 곳에 누워 있게 되었다.

수영

무척 더운 여름이었다. 홍당무는 애가 타서 마당에 있는 개암나무 그늘에서 낮잠을 자고 있는 아버지와 형을 흔들어 깨웠다.

"그만 주무시고 이제 가요, 아버지."

"그러자꾸나. 홍당무, 수영복 좀 가져다주겠니?"

홍당무는 걸음이 빨라지려는 것을 간신히 참았다. 발바닥은 개미라도 기어가는 것처럼 근질근질했다.

홍당무는 아무 무늬도 없는 자기 수영복과 빨갛고 파란 줄무늬가 있는 펠릭스의 수영복을 어깨에 걸쳤다. 그리고 신나 죽겠다는 듯 쉬지 않고 노래를 부르거나 이야기를 해 댔다. 제자리에서 껑충 뛰어올라 나뭇가지를 잡고 물장구치는 흉내를 내기도 했다.

"형, 물속에 들어가면 정말 기분이 근사하겠지? 아주 멋지게 헤엄을 쳐봐야겠어."

"뭐, 멋지게 헤엄을 치겠다고? 건방지긴."

형 펠릭스는 홍당무의 말을 더 듣지도 않고 단번에 잘랐다. 형의 말에 홍당무는 그만 기가 죽어 입을 다물고 말았다. 그렇지만 돌로 된 나직한 담은 형보다 먼저 뛰어넘었다.

얼마 안 가 눈앞에 강이 나타났다. 홍당무는 더 이상 떠들고 있을 겨를이 없었다.

물 위로 뜨거운 햇살이 쏟아져 내리고 있었지만, 물속은 무척 시원해 보였다.

홍당무는 온몸이 부들부들 떨리기 시작했다. 숨을 크게 내쉰 다음 이번에는 꼭 해내고 말겠다는 생각을 했지만, 순식간에 용기는 온데간데없이 사라지고 말았다. 물을 보기만 해도 꼼짝할 수 없을 정도로 몸이 얼어붙었다.

홍당무는 아버지와 형이 보이지 않는 곳에서 옷을 벗기 시작했다. 말라빠진 몸매와 휘어진 다리를 보이는 것도 싫었지만, 그보다 혼자서 마음껏 떨고 싶었기 때문이다.

짧은 셔츠를 벗고 수영복을 입기는 했지만, 홍당무는 한동안 그대로 서 있었다. 마치 포장지 속에서 녹은 사과즙처럼 찐득 찐득한 땀이 온몸에 흘렀다.

펠릭스는 벌써 강물을 독차지하고는 제 세상인 양 물속에서 헤엄치고 있었다. 팔을 높이 쳐들었다가 아래로 내리치기도 하고, 발로 물을 걷어차기도 하면서 신나게 물방울을 튀기고 있었다. 그리고 물 한복판으로 가서 요란스럽게 수선을 피우며 물결을 일으켰다.

"아니, 홍당무는 수영을 하지 않을 테냐?"

아버지의 물음에 홍당무는 놀라 대꾸했다.

"아니에요, 아버지. 전 지금 땀을 말린 다음에 들어가려고 그러는 거예요."

홍당무는 일단 강가에 앉아서 조심스럽게 발가락 끝을 물에 담갔다. 발가락은 작은 구두 때문에 살갗이 조금 벗겨져 있었다. 발끝을 물에 담근 채 배를 만져 보았다. 점심때 먹은 음식이 아직 소화되지 않았는지 배는 아직도 꺼지지 않았다.

홍당무는 물가에 있는 나무뿌리를 잡고, 몸을 조금씩 조금씩 물속에 담그기 시작했다. 물이 배꼽까지 차오르자 홍당무는 멀리 도망치고 싶었다.

그러다가 몸을 지탱해 주던 흙덩어리가 무너져 내리는 바람에 한참 허우적거리다 간신히 일어섰다. 놀랐는지 기침이 나고 숨이 답답하면서 앞이 잘 안 보였다. 게다가 머리마저 띵해졌다.

그때 아버지가 홍당무를 쳐다보며 말했다.

"홍당무가 자맥질을 아주 잘하는구나!"

"그렇지만 아버지, 난 물을 좋아하지 않아요. 귓속에 물이 들어갔어요. 곧 머리가 아파 오겠지요?"

아버지는 곧 큰 소리로 두 형제를 불렀다.

"헤엄치기를 그만하고 나와서 콜라라도 마시렴!"

"벌써요?"

홍당무는 이번에는 물에서 나가고 싶지 않았다. 막상 나갈 때가 되니까 물이 하나도 무섭지 않았다. 조금 전까지는 납덩이처럼 무겁던 몸이 지금은 새털처럼 가벼워진 것 같았다.

홍당무는 수영 선수라도 된 듯 물속에서 마구 설쳐 댔다. 위험 같은 것은 신경도 쓰지 않았다. 마음 같아서는 위험을 무릅쓰고 다른 사람을 구하기 위해 깊은 물에 뛰어들 수도 있을 것 같았다.

"홍당무야, 그러지 말고 빨리 올라오너라! 그렇지 않으면 형

이 네 콜라를 다 마셔 버릴 거야."

"제 몫은 남겨 두세요. 곧 나갈게요!"

내키지 않았지만 홍당무는 물 위로 올라와서 제 몫의 콜라를 의젓하게 다 마셨다.

그때 홍당무의 몸을 자세히 살펴보던 아버지가 말했다.

"제대로 씻지 않았구나! 복사뼈에 때가 끼어 있어."

"이건 진흙이에요, 아버지."

"아니, 때 같은데……."

"그럼 한 번 더 들어갔다 나올까요?"

"어차피 내일 또 올 테니까, 그때 씻도록 해라."

"우와, 좋아라! 내일도 날이 개었으면 좋겠어요!"

홍당무는 펠릭스가 쓰고 난 수건이지만 아직 젖지 않은 끝자락을 손가락에 둘둘 감고 몸을 닦았다.

돌아오는 길에 머리가 아프고 목도 따끔거렸지만, 홍당무는 큰 소리로 웃었다. 아버지와 형이, 홍당무의 비틀어진 엄지발가락을 보고 재미있는 농담을 했기 때문이다.

오노린 할머니

어머니와 오노린 할머니가 부엌에서 이야기를 하고 있었다.

"오노린 할머니, 올해 몇 살이죠?"

"네, 마님. 예순일곱 살이랍니다."

"그렇게나 되었어요? 할머니도 꽤 나이가 많군요."

어머니는 오노린 할머니의 나이가 생각했던 것보다 많아서 놀란 모양이었다.

"그렇지만 보시다시피 저는 아직 일을 할 수 있답니다. 병에 걸린 적이 한 번도 없지요. 제 몸은 말보다도 더 튼튼하답니다. 일할 수 있는 동안에 나이 같은 게 무슨 상관이겠어요?"

"그렇다면 한 마디 할게요. 어느 날부터 할머니는 빨래 광주리가 너무도 무겁게 느껴지고, 손도 제대로 움직여지지 않는 날이 올 거예요. 그렇게 되면 할머니는 젖은 빨랫감 위에 얼굴을 파묻고 세상을 까맣게 잊게 되겠죠. 누군가 할머니를 일으켰을 때는 아마 숨이 끊어져 있을 거라고요."

"아이고, 마님도! 그런 끔찍한 말씀을 하시다니……. 마님, 조금도 걱정할 게 없답니다. 아직 팔도 다리도 정신도 멀쩡하니까요!"

어머니의 말에 할머니는 펄쩍 뛰었다.

"소용없어요. 할머니는 등이 많이 굽었어요. 등이 굽으면 빨래를 할 때 허리가 덜 피곤해서 좋다지만요. 또 하나, 요즘 눈이 잘 안 보이지요? 아니라고는 말하지 못할 거예요. 얼마 전부터 눈치채고 있었거든요."

"천만에 말씀입니다, 마님. 제 눈은 갓 시집온 새색시 때와 마찬가지로 아주 잘 보여요."

"그래요? 그럼 찬장 속에서 접시를 하나 꺼내 와 봐요."

오노린 할머니는 까닭을 몰라, 시키는 대로 찬장에서 접시를 꺼내 왔다.

"자, 이것 봐요. 물기 없이 말끔하게 닦아 놓은 접시일 텐데, 왜 이렇게 얼룩이 져 있죠?"

"그건 찬장 안에 습기가 차서 그래요."

"그럼 찬장 안에 손가락이 살면서 접시 위를 산책이라도 한다는 건가요? 자, 이 손가락 자국 좀 보세요."

"뭔가요, 마님? 제 눈엔 아무것도 보이지 않는데요."

"그것 보라니까요. 내가 하고 싶은 말이 바로 그거예요. 난 할머니가 게으름을 피우고 있다는 게 아니에요. 이 마을에서 할머니만큼 일을 잘하는 사람도 없으니까요. 다만 할머니도 나이를 먹었고, 나도 마찬가지예요. 사람은 누구나 다 늙게 마련이니까, 무슨 일이든 저절로 척척 되던 것이 나이가 들면서 마음먹은 대로 되지 않는다는 거예요. 때로는 눈 위에 엷은 막이 씌인 것처럼 부옇게 보일 때도 있을 거예요. 손으로 비벼 봐도 아무 소용이 없지요."

"아직 내 눈은 그렇지 않아요. 물통 속에 얼굴을 처박았을 때가 되면 또 몰라도."

오노린 할머니는 눈을 크게 뜨고 어머니를 쳐다보았다.

"자, 오노린, 내 말을 들어 봐요. 어제만 해도 우리 집 양반한테 더러운 컵을 드렸잖아요. 난 할머니가 난처해할까 봐 모른 척하고 있었지만……. 우리 집 양반도 마찬가지였어요. 아무 말도 하지 않았지만 알 건 다 알고 있다고요. 우리 집 양반

이 신경이 무디고 매사에 무관심한 사람이라고 생각하고 있는 모양이지만, 그분은 어떤 일이든 머릿속에 다 새겨 두고 있는 분이라고요. 그래서 그 유리컵도 손가락 끝으로 슬쩍 밀어냈을 뿐이에요. 그리고 식사하는 동안 아무것도 마시지 않았던 거예요. 나는 할머니와 주인 양반의 입장을 모두 생각해야 하기 때문에 더 괴롭답니다."

"아이구, 주인 어른께서 하녀를 어려워하시다니……. 그럴 수가! 말씀하셨다면 금방 깨끗한 컵으로 바꾸어 드렸을 텐데요……."

오노린은 조금 민망한 생각이 들어 떠듬떠듬 변명을 했다.

"그랬을 테지요. 그러나 할머니보다 더 나은 사람이라 하더라도 그분의 입을 열게 하진 못했을 거예요. 부질없는 말은 절대로 하지 않는 성격이니까. 아무튼 내가 하고 싶은 얘기는, 오노린의 눈이 하루하루 나빠지고 있다는 거예요. 빨래같이 덩어리가 큰 일이라면 조금 실수했다 하더라도 별로 문제가 안 되지만, 자질구레한 일들은 그렇지 않거든요. 그래서 돈은 좀 들겠지만, 오노린을 거들어 줄 만한 사람을 한 명 구해 볼까 해요."

"고맙긴 합니다만, 웬만큼 일을 잘하는 사람이 아니면 저에겐 오히려 방해가 되지 않을까 생각하는데요."

"내가 걱정하고 있는 것이 바로 그거예요. 그럼 이 문제를 어떻게 했으면 좋겠어요?"

"마님, 저는 죽는 날까지 이 댁 일을 혼자서 도맡아 하고 싶어요."

"죽을 때까지라고요? 지금 제정신으로 하는 말이에요? 그렇게 되면 오노린이 우리 부부 장례식에 참석하게 될지도 몰라요."

오노린은 무슨 말인지 모르겠다는 표정을 지었다.

"오노린의 눈이 나빠진 것은 누구의 잘못도 아니에요. 그러니까 의사에게 치료를 받는 것이 좋겠어요. 틀림없이 나을 거예요. 그렇지만 그때까지 할머니와 나, 어느 쪽이 더 곤란할까요? 오노린은 자신의 눈이 나빠진 것을 모르고 있으니까, 집안 식구들이 불편을 느끼고 있다는 것도 모를 거란 말이에요. 내가 이런 말을 하는 건 오노린을 불쌍하게 여겨서예요."

"무슨 말씀이든지 하십시오. 뭐라고 말씀하셔도 좋아요. 아까는 길거리로 내쫓지 않을까 걱정했지만, 마님의 말씀을 듣고 안심했습니다. 이제부터는 접시도 조심해서 닦겠어요. 그리고 모든 일을 틀림없이 잘 처리하겠어요."

오노린 할머니가 대꾸했다.

"오노린이 그렇게 말하니 더 할 말이 없군요. 나는 뒤에서 이러쿵저러쿵 수군거리는 사람들보다는 훨씬 나은 사람이랍니다. 오노린이 자기 발로 나가지 않는 한 절대로 나가라는 말은 하지 않을 거예요."

오노린 할머니는 그제야 얼굴의 주름살을 펴며 웃었다.

"이제 잘 알았으니까 그만 말씀하세요. 나는 내가 아직은 쓸
모 있는 할멈이라는 생각이 들었어요. 만일 마님이 내쫓겠다
는 말을 하셨더라면, 아마 큰 소리로 대들었을 거예요. 냄비의
물도 끓이지 못할 정도가 되면, 그때는 나가라는 말을 하지 않
으셔도 내 발로 서슴없이 나가 버릴 겁니다."

"오노린, 하지만 나가더라도 언제든지 우리 집에 오면, 따뜻
한 수프 정도는 항상 먹을 수 있다는 것을 잊지 마세요."

"아니에요, 마님. 수프 같은 건 오히려 과분해요. 빵만으로
도 충분합니다. 마이트 할머니도 빵만 먹게 되면서부터는 기
운이 더 좋아졌답니다."

"오노린도 그 할머니를 알고 있군요. 가만, 백 살이 넘었을
걸요. 할머니도 알고 있겠지요? 얻어먹는 사람이 우리보다 행
복할 수도 있다는 말, 말이에요."

"마님 말씀이 맞을 거예요."

다시 찾은 냄비

홍당무는 한쪽 구석에 쭈그리고 앉아 생각에 잠겨 있었다. 집에 도움이 될 만한 일을 하고 싶었지만, 그럴 기회는 좀처럼 오지 않았다. 그래서 누가 부르는 소리가 들리면 재빨리 뛰어나가려고 귀를 기울이고 있었다.

부엌 아궁이 위의 갈고리에는 아침부터 밤까지 언제나 큰 냄비 하나가 걸려 있었다. 겨울에는 뜨거운 물이 많이 필요하기 때문에 냄비에는 하루에도 몇 번씩 물이 가득했다 비워졌다 했다.

물이 가득 담긴 냄비는 활활 타오르는 장작불 위에서 늘 펄펄 끓고 있었다. 냄비 바닥은 아주 시커멓게 그을리고 여기저기 긁힌 자국투성이였다.

여름에는 더운물을 쓸 일이 거의 없었다. 그런데도 냄비는 여전히 휘파람 소리를 내며 쓸데없이 끓고 있었다. 그런데 가끔 휘파람 같은 불길 소리가 오노린의 귀에는 들리지 않을 때가 있었다. 그러면 오노린은 허리를 구부리고 냄비에 귀를 가까이 갖다 대고는 중얼거렸다.

"아이구, 이런! 물이 다 졸아 버렸네."

그러면 오노린은 바가지로 물을 떠서 냄비에 부은 다음, 장작개비를 더 집어넣었다.

잠시 후 휘파람 같은 불길 소리가 다시 들려오면 그제야 마음을 놓고 다른 일을 계속하곤 했다.

그런데 오노린은 난생 처음으로 실수를 했다. 냄비에서 아무런 소리가 들리지 않자 여느 때와 마찬가지로 바가지의 물을 냄비에 부었다.

그런데 바가지의 물이 장작불 위로 쏟아지면서 커다란 소리를 냈다. 동시에 희뿌연 재와 연기가 솟아올라 오노린을 덮쳐 버렸다. 오노린은 비명을 지르면서 뒤로 물러섰다.

"아이구, 놀래라! 땅속에서 도깨비가 튀어나오는 줄 알았네!"

오노린은 따끔거리는 눈을 비비면서 재투성이 손을 뻗어 아궁이 위를 더듬었다.

"아니, 이럴 수가! 냄비가 없네."

오노린은 깜짝 놀라 소리를 질렀다. 조금 전까지만 해도 분명히 있었던 냄비가 감쪽같이 사라져 버렸던 것이다. 오노린이 앞치마에 담긴 배추 찌꺼기를 버리러 간 사이에 누군가가 물이 든 냄비를 가져간 것이 틀림없었다.

그때 르픽 부인이 부엌문 앞에 나타났다.

"무슨 일로 이렇게 수선스러워요?"

"정말 큰일날 뻔했어요, 마님. 하마터면 제가 완전히 타 버릴 뻔했지 뭡니까? 자, 보세요. 이 신발과 치마와 손이 새까맣게 되고, 호주머니 속까지 재가 있지 뭡니까?"

르픽 부인은 그때까지도 무슨 영문인 줄 몰랐다.

"도대체 어떻게 된 일이지요? 아궁이가 물벼락을 맞았군요. 그 바람에 깨끗해지긴 했지만……."

르픽 부인이 비꼬자 오노린은 화를 냈다.

"마님, 왜 말씀도 없이 냄비를 가져가 버렸지요?"

오노린은 씩씩거리며 르픽 부인에게 대들었다.

"냄비는 우리 식구 모두의 것이에요. 냄비 하나를 쓰는 데에도 일일이 오노린의 허락을 받아야 하나요?"

"억지를 쓰고 있는지는 모르지만, 난 아무튼 화가 나서 견딜 수가 없어요."

"뭐라고요? 누구한테 화가 난다는 말인가요? 할머니는 냄비가 없어진 것이 화가 나서 바가지에 든 물을 장작불에 퍼부은 거예요. 그리고도 자신이 잘못한 일을 가지고 남에게 뒤집어씌우려 하는군요."

르픽 부인의 말에 당황한 오노린은 대답할 말을 찾지 못해 입을 다물고 말았다.

이 일은 홍당무의 탓이었다. 집에 조금이라도 도움이 되려고 기회를 노리던 홍당무가 물 끓이는 장작을 아끼려고 냄비를 치웠던 것이다.

어쨌든 어머니와 오노린이 냄비를 찾기 시작하자, 홍당무도 옆에서 열심히 찾는 척했다.

냄비 찾는 것을 제일 먼저 포기한 사람은 어머니였다. 뒤를 이어서 오노린도 투덜거리면서 다른 일을 시작했다. 홍당무가 냄비를 찾아 온 것은 아무도 알지 못했다.

정신을 잃은 펠릭스

어느 날, 르픽 부인은 홍당무에게 곡괭이를 주면서 마당 한쪽을 잘 파 놓으라고 말했다. 씨앗을 심으려는 것 같았다.

"서둘러서 하렴, 홍당무야. 참, 펠릭스! 너도 홍당무를 좀 도와주렴."

르픽 부인은 펠릭스에게도 곡괭이를 주었다. 형제는 곧 웃옷을 벗어 던지고 마당으로 나갔다.

"야, 홍당무! 넌 저 나무 그늘에서 파도록 해. 난 이 뙤약볕 아래서 할 테니까."

형제는 곡괭이로 땅을 파기 시작했다. 그런데 펠릭스가 파는 쪽은 부드러운 흙이었고, 홍당무가 파는 곳은 나무뿌리가 걸리는 딱딱한 땅이었다. 홍당무는 땀을 뻘뻘 흘리면서 열심히 곡괭이질을 했지만, 별로 진전이 없었다.

그때 르픽 부인이 부엌에서 얼굴을 내밀고 소리쳤다.

"홍당무야, 무슨 곡괭이질을 그렇게 엉성하게 하는 거야? 지금까지 그것밖에 파지 못했니? 게으름피우지 말고 어서 하렴. 제발 네 형을 좀 본받아."

홍당무는 슬그머니 화가 났다. 그러나 꾹 참고 곡괭이질을 계속했다.

그러는 동안 펠릭스와 홍당무의 거리가 차츰 가까워졌다. 둘은 서로 번갈아 가며 곡괭이를 내리찍었다.

홍당무의 곡괭이가 굵은 나무뿌리에 걸렸다. 홍당무는 나무뿌리에 찍힌 곡괭이를 잡아 빼려고 애쓰다가 그만 앞으로 넘어지고 말았다.

바로 그때, 힘껏 들어 올린 펠릭스의 곡괭이가 홍당무의 머리를 내리찍었다.

"악!"

"아얏!"

펠릭스와 홍당무가 동시에 소리를 질렀다.

홍당무는 손으로 얼굴을 가리면서 옆으로 쓰러졌다.

손가락 사이로 새빨간 피가 주르르 흘러내렸다. 이어서 펠릭스도 그 자리에 쓰러지고 말았다. 피를 보고 놀란 펠릭스가 기절을 한 것이었다. 식구들이 모두 놀라 뛰어나온 것은 말할 것도 없었다.

어머니가 파랗게 질린 얼굴로 제일 먼저 뛰어나왔다. 그런데 어머니는 피를 철철 흘리고 있는 홍당무는 거들떠보지도 않고 펠릭스만 안고 황급히 방으로 들어갔다.

홍당무는 비틀거리며 일어나 우물가로 가서 물을 펐다. 그때, 오노린이 달려나와 상처를 씻고 붕대를 감아 주었다. 다행히 상처는 그리 대단하지 않았다. 그런데 펠릭스의 방에서는 난리가 났다.

"박하가 어디 있지? 포도주가 어디 있는지 찾아봐!"

에르네스틴이 뛰어나가 박하와 포도주 병을 들고 오자, 어머니는 박하를 펠릭스의 관자놀이에 문지르고 포도주를 입가에 대주었다.

펠릭스는 몹시 고통스럽다는 듯이 신음 소리를 내면서 손을 떨었다. 그때 오노린이 들어왔다.

"마님, 홍당무 도련님도 많이 다쳤어요. 그리고 주인 어른도 곧 돌아오실 거예요."

오노린은 홍당무를 침대에 눕혀 놓은 뒤, 아버지의 가게로 달려가 사고를 알리고 왔던 것이다.

이윽고 아버지가 놀란 얼굴로 달려왔다.

"우리 홍당무가 많이 다쳤다면서?"

현관을 들어서면서 아버지가 큰 소리로 외쳤다.

"그것보다 펠릭스가 기절했어요. 홍당무가 피를 흘리는 걸 보고 말이에요. 펠릭스는 마음이 착하고 신경이 예민한 아이거든요."

"홍당무는 어떻게 됐소?"

"글쎄……, 괜찮겠죠. 제 방에 누워 있을 거예요."

펠릭스는 눈을 감은 채, 아버지와 어머니가 머리맡에서 주고받는 이야기를 들었다.

"펠릭스야, 어떠냐?"

아버지가 걱정스럽게 묻자, 펠릭스는 눈을 가늘게 뜨고 대답했다.

"저는 괜찮아요. 저보다 홍당무의 상처가 더 걱정이에요."

"보세요, 펠릭스는 얼마나 착한 아이인지 몰라요. 기절까지 했으면서도 홍당무 걱정만 하고 있잖아요."

"이번에는 홍당무한테 좀 가 볼까?"

아버지가 홍당무가 있는 방으로 발길을 옮기자, 어머니도 따라 나왔다.

쫓겨난 오노린

해가 저물어 놀이 하늘을 물들일 때쯤, 홍당무는 저녁을 먹으러 식당으로 갔다.

"홍당무야, 괜찮니?"

아버지가 걱정스런 얼굴로 물었다.

홍당무는 아버지의 다정한 말에 고마워하며 대답을 하려고 했다. 그런데 이때 또 어머니가 끼어들었다.

"홍당무는 걱정없어요. 펠릭스가 걱정이에요. 펠릭스야, 넌 좀 어떠니? 저녁을 많이 먹어야 할 거다."

어머니의 말에 펠릭스는 아픈 듯 얼굴을 찡그리며 대답했다.

"그런 대로 괜찮은 것 같기는 한데, 밥맛이 없어요."

"아이구, 거짓말도 잘하네. 주인님, 도련님이 밥맛이 없을 만한 이유는 따로 있답니다."

그때까지 잠자코 있던 오노린이 갑자기 의자에서 벌떡 일어서며 펠릭스를 노려보았다.

그러자 펠릭스도, 말하면 가만두지 않겠다는 표정으로 오노린을 노려보았다.

"조금 전 주인님과 마님이 안방에 들어가 계신 동안 펠릭스 도련님은 부엌으로 와서 남은 멜론을 모조리 먹어 치웠어요. 들킬까 봐 껍질은 토끼장에 몽땅 처넣었답니다. 마님은 홍당무 도련님이 훔쳐 먹었다고 말씀하셨지만, 절대로 아닙니다. 바로 펠릭스 도련님이 한 짓이에요."

"거짓말쟁이 할머니 같으니! 난 멜론에 손도 대지 않았단 말이야!"

"펠릭스 도련님! 왜 정직하지 못하지요? 어째서 사실대로 말하지 않는 건가요? 나쁜 일은 뭐든지 홍당무 도련님에게 뒤집어씌우고! 홍당무가 불쌍하다는 생각도 안 드세요?"

"닥쳐요, 오노린! 그게 무슨 말버릇이에요?"

참다못한 르픽 부인이 고함을 질렀지만, 오노린은 꿈쩍도 하지 않았다.

"오늘은 다 말해야겠어요. 마님은 펠릭스보다 더 나빠요. 홍당무의 상처가 얼마나 깊은데 걱정은커녕 들여다보지도 않고, 꾀만 부리는 펠릭스만 끼고 도는 법이 어디 있어요? 전 더 이상 보고만 있을 수가 없습니다, 주인님."

오노린의 기세는 굉장했다.

그러자 입을 꾹 다문 채 이야기를 듣고 있던 아버지가 마침내 펠릭스를 엄하게 꾸짖기 시작했다.

"펠릭스, 너는 거짓말을 한 벌로 더 이상 멜론을 주지 않을 테다. 그리고 홍당무야, 넌 들어가서 푹 자도록 해라. 내일이면 상처도 많이 나아질 거야."

르픽 부인은 만족한 표정으로 서 있는 오노린이 괘씸해서 펄펄 뛸 지경이었다.

"오노린 할머니, 내일부터는 이 집에서 일을 하지 않아도 좋으니까 나가세요! 그리고 당신, 만일 오노린을 그대로 집에 있게 한다면 내가 나가고 말겠어요. 알겠어요?"

아버지는 어이없다는 표정으로 어머니를 바라보았다.

새로 온 하녀 아가트

쫓겨난 오노린 대신 할머니의 손녀인 아가트가 새로운 하녀로 오게 되었다.

홍당무는 새 식구에게 마음을 쏟았다. 새로 온 아가트 덕에 며칠 동안은 르픽 일가의 관심이 홍당무로부터 아가트에게로 옮겨 갔다.

"아가트, 방에 들어올 때는 노크를 해야 하는 거란다. 말이 뒷발질을 하는 것처럼 세게 두드리라는 뜻은 아니야."

어머니가 아가트에게 말하자 홍당무는 속으로 생각했다.

'또 어머니의 심술이 시작되는구나. 점심 식사 때는 볼 만하겠는데.'

식사는 넓은 부엌 식당에서 하는데, 팔에 냅킨을 걸친 아가트는 부뚜막에서 찬장으로, 찬장에서 식탁으로, 이리저리 뛰어다니고 있었다. 아가트한테는 걸어다닌다는 것은 생각조차 할 수 없는 일인 듯했다.

언제나 볼을 발갛게 붉히고는 숨을 헐떡거리며 뛰어다녔다. 게다가 아가트는 말이 빠르고 웃음소리도 유별나게 컸다. 무슨 일을 하든지 정신을 딴 곳에 두는 버릇이 있었다.

식탁에 맨 먼저 앉은 사람은 아버지였다. 아버지는 냅킨을 펴고 커다란 접시에 놓인 고기를 옮겨 담고 소스를 쳤다. 그런 다음 포도주를 직접 따라 마셨다. 등을 구부리고 고개를 숙인 채 다른 일에는 관심이 없다는 몸짓으로 묵묵히 식사를 하는 것이었다.

아버지는 접시에 요리를 옮겨 담을 때만 의자에서 엉덩이를 조금 움직였다.

어머니는 배고픈 것을 참지 못하는 펠릭스에게 제일 먼저 음식을 떠 주었다. 그 다음은 에르네스틴, 맨 나중에야 식탁 한 귀퉁이에 앉아 있는 홍당무에게 음식을 나눠 주었다.

이제까지 홍당무는 음식을 두 번 청해 먹은 적이 없었다. 한 번 담은 양이면 그것이 많든 적든 잘 받아먹었다. 더 먹으라고 해도 싫다고 하는 법 없이 잘 받아먹었다.

형과 누나는 누구의 눈치도 보지 않고, 아버지처럼 언제나 자기 접시를 큰 접시에 갖다 댔다. 게다가 홍당무는 별로 좋아하지 않는 쌀밥도 언제나 맛있게 먹었다. 어떻게 해서든지 어머니의 비위를 맞추고 싶은 생각에서였다. 어머니는 식구들 중에서 혼자만 쌀밥을 좋아했다.

'뭔지 모르지만 이상해!'

아가트는 어쩐지 견딜 수가 없었다. 그렇다고 뭔가 잘못된 것은 아니었다. 그저 그렇다는 것뿐이다.

아가트에게는 좋지 않은 버릇이 있었다. 누가 있든 상관하지 않고 양팔을 높이 쳐들고는 입을 크게 벌려 하품하는 버릇이었다. 방금 전에도 아가트는 그렇게 하품을 했다. 아버지는 마치 유리 조각이라도 씹듯 빵을 씹었다.

보통 때는 잔소리를 쉬지 않는 어머니도 식탁 앞에 앉기만 하면 갑자기 벙어리가 되었다. 손짓이나 몸짓, 그리고 얼굴 표정으로 자신의 뜻을 밝혔다.

에르네스틴은 천장을 쳐다보면서 빵을 먹었고, 펠릭스는 빵 조각으로 뭔가를 만들고 있었다.

찻잔도 없는 홍당무는 빵을 너무 빨리 먹거나 너무 늦지 않도록 다른 사람들의 속도에 맞춰 천천히 빵을 먹었다.

그때, 르픽 씨가 주전자에 물을 받으러 갔다.

"어머, 제가 가겠어요. 제가……."

아가트는 당황해서 말을 더듬었다. 그렇지만 아가트는 곧 세상의 모든 불행을 짊어진 듯 당황하여 제대로 말을 잇지 못했다. 실수라고 생각하니 더욱 가슴이 죄어 왔다.

접시 위를 살펴보니, 르픽 씨의 빵이 조금밖에 남지 않았다. 아가트는 이번에야말로 실수를 하지 말아야겠다고 생각했다. 그래서 다른 가족들에 대해서는 까맣게 잊고 르픽 씨에게만 신경을 썼다.

"아가트, 네 다리는 땅바닥에 뿌리를 내린 거니?"

르픽 부인이 퉁명스럽게 물었다. 아가트는 그제야 정신을 차렸다.

"네, 마님. 뭐 시키실 일이라도……."

그러나 아가트는 대답을 하면서도 르픽 씨에게서 눈길을 떼지 않았다. 오히려 아까보다도 더욱 긴장해서 지켜보았다.

기회는 곧 왔다. 르픽 씨가 마지막 빵 조각을 입에 넣는 순간, 아가트는 찬장으로 달려가 자르지도 않은 3킬로그램짜리 초승달 모양의 커다란 빵을 꺼내어 주인 앞에 내밀었다. 주인이 무엇을 원하고 있는지 다 안다는 얼굴로 르픽 씨 앞에 빵을 내민 것이다. 르픽 씨는 잠자코 냅킨을 접고 의자에서 일어섰다. 그리고 담배를 피우러 마당으로 나갔다.

르픽 씨는 일단 식사가 끝나면 다시 하는 법이 없었다. 어리둥절해진 아가트는 그 자리에 못박힌 듯이 서 있었다. 커다란 초승달 모양의 빵을 안고 서 있는 그녀의 모습은 고무로 만들어 놓은 인형과 같았다.

장님 거지

　새해 첫날, 눈이 계속해서 내리자 동네 아이들은 빈터로 몰려나왔다. 홍당무는 혼자서 동네 아이들을 상대로 눈싸움을 하고 있었다.

　"자, 던진다!"

　홍당무는 크게 소리를 질렀다. 그럴 때의 홍당무는 아주 활동적인 소년으로 보였다. 보통 때에는 핏기도 없는 주근깨투성이의 얼굴이 오늘은 같은 반 친구인 마르소의 볼처럼 발그레했다.

　그러나 홍당무는 눈싸움을 할 때 아주 과격하게 했기 때문에, 그 소문이 동네에 다 퍼져 아이들은 홍당무와 눈싸움하는 것을 두려워했다.

홍당무는 눈덩이 속에 돌을 넣어 뭉쳐서 단단한 총알을 만들었다. 무서운 총알로 상대의 머리를 겨냥했던 것이다.

머리를 한번 맞히기만 하면 단번에 승부가 났다. 대부분의 아이들은 홍당무가 던진 눈 탄환을 맞고는 머리를 감싸면서 주저앉았다.

"아이고, 아야! 앙……."

큰 소리로 울음을 터뜨리며 도망치는 아이들도 있었다.

그 무시무시한 눈 탄환을 맞고 정신을 잃고 쓰러진 아이가 아직 한 명도 없는 것은 홍당무에게는 정말 다행스러운 일이었다.

아이들은 눈싸움에 싫증이 나면 얼음판으로 우르르 몰려가서 얼음지치기를 했다.

홍당무는 얼음지치기를 하지 않았다. 대신 얼음이 얼지 않은 풀밭에서 혼자 놀았다.

그렇게 홍당무는 보통 아이들과 다르게 놀고 싶어했다. 예를 들면 말타기를 할 때 끝까지 말이 되어 노는 것이 재미있다고 고집했다. 또 술래잡기를 할 때는 술래에게 얼른 잡혀 주었다. 술래가 아닌 아이들처럼 뛰어다니며 달아나는 것을 좋아하지 않았다.

어쩌다 숨바꼭질을 할 때면 홍당무가 꼭꼭 잘 숨는 까닭에 친구들이 홍당무를 잊어버릴 정도였다.

그런 어느 날, 홍당무는 추운 밖에서 놀다 따뜻한 난로가 있는 방으로 돌아왔다. 그리고 여느 때처럼 한쪽 구석에 있는 자기 자리에 웅크리고 앉아 있었다. 그때 누군가, 밖에서 지팡이 같은 것으로 문을 두드리는 소리가 들려왔다.

"장님 거지가 온 모양이로군. 오늘은 또 뭐 하러 온 거지? 반겨 주는 사람도 없는데 말이야."

르픽 부인이 중얼거렸다.

"뻔하지 않아? 다른 날과 마찬가지로 은화가 필요해서 온 거겠지. 문을 열어 줘요."

르픽 씨가 신문에서 눈을 떼며 말했다. 그러자 르픽 부인은 마지못해 일어나서 문을 열었다. 문을 여는 순간, 차가운 바람이 안으로 휙 몰아쳐 왔다. 르픽 부인은 장님 노인의 팔을 잡아 끌어들이고는 얼른 문을 닫았다.

"아, 안녕하십니까, 여러분!"

장님 노인은 인사를 하고는 마치 생쥐를 쫓듯이 지팡이로 마루를 톡톡 두드리면서 안으로 들어왔다.

그리고 지팡이 끝이 의자에 닿자 그 자리에 천천히 앉더니 언 손을 난로 앞으로 내밀었다.

"밖은 몹시 춥습니다."

장님 노인은 혼잣말을 하면서 불을 쬐었다.

"자아, 여기 있습니다."

르픽 씨는 주머니에서 은화 한 닢을 꺼내 장님 노인에게 건네주었다. 그리고는 장님 노인을 외면한 채 계속해서 신문을 뒤적였다.

홍당무는 지루하던 차에 재미있는 구경거리가 생긴 것 같아 속으로 기뻐했다. 그리고 장님 노인의 나막신을 내려다보았다. 나막신 밑바닥에 붙어 있던 눈이 녹아 지도 모양을 그리고 있었다.

르픽 부인은 한참 뒤에야 그것을 알아차렸다.

"할아버지, 그 나막신을 벗으세요."

르픽 부인은 눈살을 찌푸리며 말했다.

노인은 나막신을 벗어 난로 밑에 놓았지만 때는 이미 늦어 있었다. 주변에는 물이 흥건히 괴어 벌써 웅덩이가 생긴 거나 마찬가지였다.

홍당무는 재빨리 손가락으로 물길을 만들어 벽 쪽의 돌 틈으로 흘러가게 했다.

"은화를 받았으면 나가서 다른 일을 할 것이지……."

르픽 부인은 장님 노인에게 들리도록 이렇게 투덜거렸다.

그러나 장님 노인은 시치미를 뚝 떼고 정치 이야기를 꺼내기 시작했다. 처음에는 조심스럽게 이야기하더니 나중에는 큰 소리로 웅변을 하듯 했다.

앞이 안 보이는 장님이라고 해서, 그리고 돈이 없다고 해서 정치 이야기를 하지 말라는 법은 없는 것이다. 그러나 흥분해서 지팡이를 휘두르는 것은 위험한 일이었다. 정말 잠깐 동안에, 장님 노인은 주먹을 쥐고 흔들다가 뜨거운 난로의 연통에 부딪히기도 했다. 깜짝 놀라 손을 움츠려 데지는 않았지만 위험천만한 일이었다.

장님 노인은 마음을 놓을 수 없다는 듯 보이지도 않는 눈을 허옇게 뜨고 힐끔거렸다. 이따금 르픽 씨는 읽고 있던 신문을 뒤집으며 노인의 얘기에 끼어들었다.

"아, 아, 그럴 수도 있겠군요! 그런데 할아버지, 지금 하신 말씀은 정말인가요?"

르픽 씨는 정색을 하며 묻기도 했다.

"암, 정말이고말고!"

장님 노인은 자신 있는 말투로 대답했다.

잠시 후 정치 이야기가 바닥난 노인은 몸을 앞으로 쑥 내밀며 입을 열었다.

"들어 보시겠소? 주인 양반! 멀쩡했던 내 눈이 어쩌다 이렇게 되었는지 말이오."

장님 노인은 이제까지 몇 번이나 되풀이한 이야기를 또다시 꺼냈다.

"휴우, 이야기가 또 늘어지겠구나."

르픽 부인은 속이 상한 듯 한숨을 쉬었다.

장님 노인은 르픽 부인의 한숨에도 아랑곳하지 않고 당당한 목소리로 오래전에 자신이 당한 이야기를 시작했다.

노인은 이야기를 하던 도중, 하품도 하고 기지개도 켰다. 그러고는 마치 딱딱했던 엿이 녹아 달라붙듯이 의자에 앉아 일어설 줄을 몰랐다. 그도 그럴 것이 추운 밖에서 몸이 꽁꽁 얼어 있다가 따뜻한 난롯불에 몸을 녹이니 누구라도 노곤해질 것은 당연한 일이었다.

홍당무는 사실 장님 노인에게는 전혀 관심이 없었다. 신발 바닥에 붙어 있던 눈이 녹아 흐르는 물을 가지고 노느라고 정신이 없었다. 한 가지 놀 거리만 있으면 하루 종일 신나게 노는 홍당무 같은 아이가 또 있을까?

마침내 더 이상 참을 수 없게 된 르픽 부인이 좋은 방법을 생각해 냈다. 그래서 장님 노인 곁을 왔다 갔다 하면서 팔꿈치로 노인을 툭툭 건드렸다. 모르는 척 발을 밟기도 하고 슬쩍 떠밀기도 했다.

그렇게 하자 노인은 뒷걸음질 치기 시작했다. 마침내 노인은 의자에서 일어나 문 쪽으로 밀려가게 되었다. 노인은 보이지 않는 허공을 더듬거리며 당황해했다.

모처럼 따뜻하게 녹인 몸이 또다시 얼어붙게 되었다.

"그렇게 해서…… 불행하게도…… 눈동자가 터져 그때부터 나는 아무것도 볼 수 없게 되었고, 아궁이 속 같은 어둠만이 남아 있게 된 것이라오."

장님 노인은 콧물을 훌쩍거리며 슬픔에 겨운 목소리로 자신의 이야기를 끝냈다.

그 순간, 노인의 손에서 지팡이가 미끄러져 바닥에 굴러 떨어졌다. 그러자 르픽 부인은 기다리고 있었다는 듯 장님 노인 앞으로 달려가 지팡이를 주워 들었다. 그런 다음, 지팡이를 노인의 손에 쥐여 주는 대신 자신의 손에 들고 지팡이의 끝을 노인에게 잡게 했다.

장님 노인은 지팡이를 받은 것이 아니었다. 손에 아무것도 들려 있지 않았다.

르픽 부인은 지팡이를 이용해서 장님 노인을 능숙하게 끌어당겼다. 노인의 발에 곧 나막신이 신겨지고, 발걸음은 자연히 문 쪽을 향했다. 르픽 부인이 꾀를 쓴 것이었다.

'귀찮은 장님 거지 노인 같으니라고!'

르픽 부인은 능글맞은 표정으로 노인의 팔을 비틀어 잡고는 문 밖으로 밀어냈다.

잔뜩 흐린 하늘에서는 솜 같은 눈송이가 여전히 떨어지고 있었다. 차가운 바람도 쌩쌩 불고 있었다. 장님 노인은 차가운 눈과 바람 속으로 비틀거리며 걸어갔다.

장님 노인을 밖으로 쫓아낸 르픽 부인은 문을 닫기 전에 큰 소리로 외쳤다.

"할아버지, 또 오세요. 손에 든 돈은 떨어뜨리지 말고요. 날씨가 좋으면 이번 일요일에라도 오시라고요. 그때까지 당신이 살아 있을 경우에는 말이에요. 아, 당신 말대로 누가 언제 어떤 일로 세상을 떠나게 될지는 아무도 모르지요. 정말이지 그런 건 우리가 알 바가 아니라고요! 하지만 하느님은 우리 모두를 도와주실 거예요."

홍당무는 방 한쪽에 웅크린 채 어머니의 고함 소리를 가만히 듣고 있었다. 그러나 어머니를 냉정한 사람이라고 비난할 마음은 전혀 없었다.

르픽 부인은 너무도 잔인하고 차갑게 말하긴 했지만, 한편으로는 날씨가 좋으면 또 오라고 말했기 때문이었다.

'저 정도면 친절한 마음이 조금은 있는 거야.'

장님 노인은 불쌍하지만 좀 뻔뻔스럽다는 생각도 들었다.

'어머니는 식구들이 많아 살림이 복잡하니까 저절로 신경질이 많은 거야……'

홍당무는 속으로 이렇게 생각하며 고개를 끄덕였다.

홍당무와 아가트

"아가트, 아까 혼났지?"

부엌에 아가트와 단 둘이 있게 되자 홍당무가 물었다.

"너무 실망할 필요 없어. 그런 일은 늘 있으니까. 그런데 그 병을 들고 어디로 갈 거니?"

"지하 창고에 갖다 두려고요."

"걱정 마. 지하 창고라면 내가 갈게. 계단이 낡아서 위험하거든. 전에도 어떤 여자가 떨어져서 목뼈가 부러질 뻔한 일이 있었어. 하지만 난 층계를 잘 오르내린단다. 그래서 그때부터 그건 내 담당이 되었어. 나는 말이야, 빈 포도주병을 팔아서 용돈을 벌고 있어. 토끼 가죽도 마찬가지야. 번 돈은 몽땅 어머니에게 맡겨 놓아야 하지만……. 아가트, 이제부터 내가 하는 말을 주의 깊게 들어 둬. 서로 각자의 일에 대해서 방해하지 말자. 알았지?"

"그렇게 하지요."

"아침마다 개에게 수프를 갖다 주는 건 내 일이야. 밤에 휘파람을 불어서 불러들이는 것도 내 일이지. 그리고 닭장 문은 내가 항상 닫으러 가지. 잡초를 뽑는 것도 내 일이야. 어머니하고 약속했거든. 풀을 뽑은 다음 뿌리에 묻은 흙은 털어서 구멍을 도로 메워야 해. 뽑은 풀은 가축에게 먹인단다. 나는 운동 삼아 아버지의 장작 패는 일을 돕지. 아버지가 사냥에서 잡아온 짐승이나 새의 숨통을 끊는 것도 내 일이야. 털을 뜯는 건 너하고 누나의 일이야. 물고기 배를 가르고 창자를 끄집어 내는 건 내 일이야. 실을 풀어 실패에 감을 때는 내가 거들어 줄게. 커피는 내가 빻아. 아버지가 흙투성이가 된 구두를 벗어 놓으면 그것을 복도까지 가져오는 것도 내 임무야. 그러나 덧신을 가져오는 일은 누나가 아무에게도 양보하지 않아. 먼 곳에 심부름 가는 것은 모두 내가 도맡아 해. 가령 약방이나 병원에 가야 할 때는 더욱 그래. 너는 간단하게 장이나 보러 가고, 마을 앞을 왔다 갔다 하면 돼. 그렇지만 너는 매일 두세 시간, 그것도 일 년 내내 개천에서 빨래를 해야 해. 그게 아마 가장 힘든 일일 거야. 아가트, 잘 부탁해. 그렇지만 틈이 나면 네 일을 도와줄게. 울타리에다 빨래를 너는 일 정도는 할 수 있으니까 말야."

"도와주지 않아도 괜찮아요."

"참, 한 가지 잊을 뻔했군. 빨래를 과일나무 위에 널어서는 안 돼. 아버지는 잔소리 대신 옷가지를 다짜고짜 땅바닥에 내동댕이쳐 버리거든. 어머니는 흙이 조금만 묻어 있어도 다시 빨아 오라고 호통을 치지. 사냥 갈 때 신는 신발에는 늘 기름을 듬뿍 발라 놓아야 돼. 고무 장화에는 살짝 구두약을 발라 둬. 그렇게 하지 않으면 고무가 딱딱해지거든. 그리고 흙투성이가 된 바지의 흙은 다 털어 내지 않아도 돼. 아버지는 흙이 묻어 있으면 바지가 질겨진다고 생각하거든. 아버지는 바짓가랑이를 걷어 올린 채 흙탕물 속을 걷지 않아. 내가 아버지를 따라 사냥을 가게 되면 잡은 짐승은 언제나 내가 들게 돼. 그때 나는 바지를 걷어 올리려 하지만 아버지는 '홍당무, 넌 훌륭한 사냥꾼은 못 되겠다.' 하고 말씀하시지. 그리고 어머니는 '홍당무, 바지를 더럽히는 날에는 귀가 찢어질 줄 알아!'라고 말해. 이건 정말 정반대의 취미란 말이야. 그건 그렇고 방학을

하면 둘이서 일을 나눠서 하자. 그러다가 나와 형과 누나가 기숙사로 돌아가게 되면, 네 일은 자연히 줄어들 거야. 이웃 사람들에게 물어 보면 분명히 이렇게들 말할 거야. '에르네스틴은 천사 같고, 펠릭스는 고상하고, 주인 양반은 말씀하시는 거나 행동하는 게 틀림없지. 부인이야말로 세상에 둘도 없는 요리의 천재시지.' 하고 말이야. 아가트, 네가 보기에 우리 가족 중에서 누가 제일 문제일 거라고 생각해? 아마 나라고 생각하겠지. 또 한 가지, 나를 '홍당무 도련님'이라고 부를 건 없어. 그냥 '홍당무'라고 불러. '젊은 도련님'이라고 길게 부를 것 없이 말이야. 오노린 할머니처럼 꼬마에게 하는 듯한 말투는 제발 쓰지 마. 아이 취급 당하는 데는 이제 싫증이 났으니까 말이야. 알았지, 아가트?"

"잘 알았어요, 도련님."

남자다운 용기

어느 날 아버지와 어머니는 외출하고 집에 없었고, 홍당무는 창가에 앉아서 멍하니 밖을 내다보고 있었다.

그때, 뒷마당에서 사납게 짖어 대는 피람의 소리와 함께 아가트의 비명 소리가 들려 왔다. 홍당무는 재빨리 창에서 뛰어 내려 뒷마당 쪽으로 달려갔다.

"저런, 피람이 아가트에게 덤벼들고 있네!"

아가트의 치마는 갈기갈기 찢어져 있었다. 무릎에서는 붉은 피가 흐르고 있었다. 피람은 겁이 많은 개인데도, 상대가 저보다 약하다고 생각하면 난폭하게 덤비는 성질이 있었다.

'아가트를 구해 내야 해!'

홍당무는 단단히 결심을 한 듯 입술을 꽉 깨물고 집 안으로 뛰어 들어갔다. 문 가까이에 서 있는 펠릭스의 모습을 언뜻 보았지만, 지금은 그것이 문제가 아니었다. 홍당무는 아버지 방으로 뛰어 들어가 벽에 걸려 있는 엽총을 벗겨 들고는 다시 뒷마당으로 달려갔다. 아가트는 새파랗게 질린 얼굴로 와들와들 떨고 있었다.

"홍당무, 정말 쏠 거야? 위험해!"

펠릭스가 뒤에서 소리쳤다.

그러나 홍당무는 들은 체도 하지 않고 엽총을 쏘았다.

"탕!"

피람은 3미터쯤 높이 뛰어올랐다가 땅 위로 떨어졌다.

그와 동시에 아가트도 홍당무 앞으로 쓰러졌다.

"정말 쐈구나! 아가트도 맞힌 거니?"

펠릭스가 달려나와 쓰러진 개와 아가트를 보면서 떨리는 목소리로 물었다.

"아니야, 피람만 쏘았어!"

홍당무도 새파랗게 질려 있었다.

"형, 왜 개를 풀어 놓았어?"

홍당무는 화난 얼굴로 펠릭스에게 따졌다.

"난 몰라."

"그래? 모른다면 그것으로 됐어. 하지만 아가트는 위험했어!"

"허풍떨지 마. 피람은 아가트를 조금 놀라게 하려고 했을 뿐이야. 그런데 네가 성급하게 총을 쏜 거야. 엄마한테 야단맞을 테니 두고 보라고."

펠릭스는 일이 재미있게 되었다는 듯 빙글빙글 웃었다.

"아가트의 상처를 살펴봐야 해."

홍당무는 쓰러져 있는 아가트를 안아 일으켰다.

"내버려 둬. 죽지 않았으면 혼자 일어날 거야. 난 오노린 할머니의 손녀인 하녀를 간호하는 건 좋아하지 않아!"

펠릭스는 콧방귀를 뀌면서 안으로 들어갔다.

홍당무는 혼자서 기절해 있는 아가트를 침대로 옮긴 다음 정성을 다해 상처를 치료해 주었다. 그리고 얼마 후에 아가트가 눈을 떴다.

"저 개는 왜 나를 미워하지요?"

"너는 형을 좋아하지 않지?"

"네, 할머니한테서 얘기를 들었거든요."

"그래서 그런 거야. 게다가 넌 나하고 마음이 잘 맞았거든. 그러니까 피람이 화를 낸 거야."

"정말이요?"

"정말이고말고. 피람은 어머니의 개거든. 어머니를 꼭 닮아서 형은 좋아하고 나는 싫어하지."

홍당무는 아가트가 정신을 차린 것을 보고서야 그녀의 방에서 나와 자기 방으로 돌아갔다.

생닭

홍당무는 이제나 저제나 어머니에게 야단맞을 시간을 기다렸다.

'어머니가 돌아오시면 뭐라고 말씀드리지?'

홍당무의 눈앞에는 죽은 피람의 모습이 자꾸 떠올랐다. 피람의 모습은 어느새 어머니의 얼굴로 바뀌어 홍당무 앞으로 가까이 다가오는 듯했다. 그때였다.

"엄마 왔다, 펠릭스!"

밖에서 어머니의 목소리가 들렸다.

홍당무는 침대 위에 웅크리고 누운 채 어머니가 부르기만을 기다렸다. 그런데 생각과 달리, 저녁 먹을 때까지 아무 일도 벌어지지 않았다.

하는 수 없이 홍당무가 식당 문을 열고 들어가자, 어머니는 반가운 표정을 지으며 부드럽게 말을 건넸다.

"홍당무, 오늘 저녁엔 너에게만 특별 요리를 줄 테니까, 맛있게 먹으렴."

홍당무는 어머니의 그런 태도가 도리어 불편했다.

다른 식구들 앞에는 여느 때처럼 빵과 고기가 놓여 있었다. 그렇지만 홍당무 앞에는 나이프와 포크만 놓여 있었다.

"저도 다른 날과 마찬가지로 빵을 먹겠어요."

홍당무가 창백해진 얼굴로 말했다.

"아니다. 넌 오늘 아가트를 살리려 무척 용감했더구나. 그래서 상으로 너에게만 특별 요리를 주기로 했단다."

어머니는 부엌으로 나가더니 곧 되돌아왔다. 어머니의 손에는 털도 안 뽑은 생닭이 한 마리 들려 있었다.

"자, 네 마음대로 요리를 해서 먹어 보렴."

어머니는 차가운 표정으로 말했다.

"아니, 여보! 그렇게까지 할 필요는 없지 않소? 아이한테 그런 무리한 일을……."

보다 못한 아버지가 어머니를 나무랐다.

"무슨 말씀이세요? 홍당무는 우리 피람을 태연하게 쏴 죽였어요. 그러니까 생닭을 뜯어 먹는 것쯤은 아무것도 아닐 거예요. 자, 홍당무야, 빨리 먹어 보렴."

어머니는 홍당무의 손에 억지로 생닭을 쥐여 준 다음, 홍당무의 손놀림에서 눈을 떼지 않았다.

홍당무는 할 수 없이 오른손에 든 칼을 닭의 목에다 갖다 대었다.

"와아, 역시 홍당무야, 빨리 뜯어 먹어 봐."

펠릭스가 신난다는 듯 크게 소리쳤다.

"어머, 맛있겠는데!"

누나 에르네스틴도 한마디 거들었다.

홍당무는 더 이상 참을 수가 없어 칼을 집어던지고 자리에서 벌떡 일어났다.

홍당무는 마구 소리를 지르면서 어둠 속을 달렸다.

"심장이 터져서 죽어도 좋아! 좋다고!"

이윽고 그는 거친 들을 지나 미친 듯이 숲속으로 달려갔다.

"어째서 난 매일 이런 꼴을 당하며 살아야 하는 걸까? 정말이지 살고 싶지 않아!"

홍당무는 엉엉 소리를 내어 크게 울부짖었다.

머리카락

일요일이 되면 르픽 부인은 아이들에게 성당 미사에 참석하도록 했다. 그때마다 홍당무와 펠릭스를 깨끗한 옷으로 갈아입히는 일은 에르네스틴이 했다.

에르네스틴은 넥타이를 골라 매 주고 손톱도 깎아 주고 성경책도 챙겨 주었다. 에르네스틴이 가장 신경 써서 하는 일은 펠릭스와 홍당무의 머리에 포마드를 바르는 일이었다. 홍당무는 얌전하게 머리를 맡겼지만, 펠릭스는 그렇지 않았다. 번번이 소리를 지르며 화를 냈다.

그러면 에르네스틴은 이렇게 변명했다.

"깜박 잊었어. 다음 일요일엔 절대로 바르지 않을게. 그러니

한 번만 봐줘. 이미 바르고 말았잖니?"

그러면서 펠릭스의 머리에 슬쩍 포마드를 문질러 버리곤 했다. 그날 아침에도 그랬다. 에르네스틴은 펠릭스가 목욕한 뒤 물기를 닦느라 고개를 숙인 사이, 머리에 포마드를 슬쩍 발라 버렸다.

에르네스틴은 곧 시치미를 떼고 뒤로 물러섰다.

"난로 위를 봐. 분명히 포마드 뚜껑이 닫혀 있지? 그러니까 오늘은 분명히 안 바른 거야. 하긴 네 머리는 곱슬거려서 안 발라도 돼. 홍당무 머리는 뻣뻣해서 포마드를 발라야 하지만, 네 머리는 꼭 양배추 같아서 말을 잘 듣거든."

"고마워."

펠릭스 형은 모르는 척 고맙다는 인사를 했다. 다른 때처럼 머리를 만져 보지도 않았다. 에르네스틴도 모르는 척 펠릭스의 옷을 챙겨 주었다.

"아주 멋져. 왕자님 같다!"

누나는 여전히 시치미를 떼고 말했다.

"이제 모자만 쓰면 되는 거지? 모자는 장롱 안에 있어?"

펠릭스는 정말로 아무것도 모르는 양 장롱 쪽으로 갔다. 그런데 펠릭스는 장롱 앞을 지나치더니 찬장으로 갔다. 그리고

찬장 문을 열어 주전자를 꺼내더니 천연덕스럽게 머리에다 물을 부었다.

"흥, 내가 네까짓 계집애한테 속아넘어갈 줄 알아! 또 한번 그러면 포마드 병을 아예 강물 속에 던져 버릴 거야!"

머리카락에서는 물이 뚝뚝 떨어지고 옷은 흠뻑 젖었다. 옷을 말리거나 갈아입을 수밖에 다른 방법이 없었다.

"쳇, 저게 무슨 꼴이야!"

홍당무는 입속으로 중얼거렸다. 그러면서도 한편으로는 형 펠릭스에게 감탄하지 않을 수 없었다.

'정말이지 형은 무서운 게 없구나. 내가 만일 저런 짓을 했다간 당장 벼락이 떨어지겠지? 난 그냥 누나가 포마드를 바르건 말건 가만히 있어야 할 거야.'

홍당무는 일찌감치 단념하고 에르네스틴 누나에게 머리를 맡겨 버렸다. 하지만 처음에는 얌전하게 있던 홍당무의 머리카락도 시간이 지남에 따라 끈끈한 기름기를 밀어젖히고 하나둘씩 일어나기 시작했다. 그리고 얼마 뒤, 머리카락 전체가 벌떡 일어섰다. 아주 꼿꼿이 섰다.

진드기 소동

하늘은 새파랗고 황금빛 포플러 나뭇잎은 바람이 불 때마다 살랑살랑 소리를 냈다. 가을이었다. 너도밤나무, 마로니에, 마당에 늘어선 여러 종류의 나무들도 바람이 불면 우수수 소리를 내다가 바람이 자면 다시 조용해지곤 했다.

'참 재미있다…….'

홍당무는 혼자 마당의 나무들을 내다보고 있었다. 지금처럼 누구의 간섭도 받지 않고 혼자 있을 때는 공연히 마음이 설레곤 했다.

아카시아 잎이 한숨을 쉬네요. 나와 같군요.

백양나무는 껍질이 벗겨져 슬퍼하네요. 나와 같군요.

마로니에 잎이 휘파람을 부네요. 나와 같군요.

벽돌담의 담쟁이 잎은 어린아이의 예쁜 양산 같군요.

그렇지만 내게는 그런 것이 없네요.

홍당무는 노래를 만들어 읊어 보았다.

마침내 바람이 자고 나뭇잎들이 잠잠해지자, 홍당무는 쓸쓸한 생각이 들었다. 그래서 밖으로 나갔다. 조금 가다가 이웃에 사는 농부 파즐을 만났다.

"홍당무! 우리 집 염소들이 새끼를 낳았는데 보러 가지 않으련?"

"염소가 새끼를 낳았어요? 좋아요."

파즐은 싱글벙글 웃으면서 홍당무를 자기 집으로 데리고 갔다.

파즐네 염소 우리는 낡은 오두막이었지만 굉장히 넓었다. 우리 안으로 들어가자, 어두컴컴한 곳에서 풀 냄새가 물씬 풍겨 왔다. 희고 잿빛 털이 난 염소들은 쉬지 않고 수염과 입을 놀려 댔다. 그때 새끼 염소 한 마리가 아장거리면서 홍당무에게로 다가왔다.

"정말 귀엽구나!"

"홍당무야, 손을 내밀어 보렴."

파즐이 말했다. 홍당무가 손을 내밀자, 새끼 염소는 홍당무의 손가락 끝을 핥았다.

"간지러워! 후후 ……."

홍당무는 온몸이 간지러웠다.

새끼 염소는 이번엔 홍당무의 구두를 핥기 시작했다.

"아이, 간지러워! 요것아, 구두코를 핥아도 온몸이 간지럽단 말이야."

"매애! 매애애!"

이튿날은 일요일이어서 성당에 갈 준비를 하느라 아침부터 무척 바빴다. 에르네스틴이 우물가에서 펠릭스와 홍당무가 씻는 것을 거들어 주고 있었다. 그녀는 먼저 펠릭스의 머리를 감겨 준 다음 빗질을 해 주었다.

"자, 다음은 홍당무 차례다. 이리 와."

에르네스틴은 홍당무를 씻긴 다음에 자기도 씻어야 했으므로 마음이 급했다.

"자, 여기 와 앉아. 목을 쭉 빼고……."

오른손에 물그릇을 든 에르네스틴은 왼손으로 홍당무의 목덜미를 눌렀다.

"으악!"

에르네스틴의 비명 소리와 함께 세숫대야가 요란한 소리를 내며 시멘트 바닥에 떨어졌다.

그러자 어머니가 놀라서 밖으로 뛰어나왔다.

"아니, 에르네스틴! 홍당무가 또 무슨 나쁜 짓을 저지른 거냐?"

어머니는 마음속으로 이미 홍당무를 야단칠 준비를 하고 있었다.

"진드기예요, 어머니! 홍당무의 목덜미에 진드기가 우글거려요. 홍당무가 진드기를 잔뜩 옮겨 가지고 왔어요."

"뭐라고? 진드기라고?"

어머니는 눈이 휘둥그레졌다.

"우리는 성당에 갈 테니까, 너는 냇물에 가서 몸을 깨끗이 씻고 오너라. 몸에 진드기가 한 마리라도 보이면 집 안에 들여놓지 않을 테니까 그렇게 알렴. 정말 저런 바보 같은 녀석은 처음 봤어!"

홍당무는 곧 냇가로 뛰어가서 물속에 첨벙 뛰어들었다. 차가운 물에 부지런히 몸을 씻고 있는데, 누군가 말을 걸었다.

"뭐 하고 있는 거냐, 홍당무야! 지금은 가을이란다. 냇가에서 목욕을 하기에는 추운 날씨야."

말을 건 사람은 냇가 옆에 사는 물방앗간 할아버지였다.

"그냥 미역감는 게 아니에요, 할아버지. 지금 진드기를 떼어
내고 있어요."

"뭐, 진드기라고? 그럼 이리 나와 보렴. 내가 도와줄게. 자,
배꼽을 보여 줘!"

"배꼽을요?"

"그래, 진드기란 놈은 말랑말랑한 곳을 좋아한단다. 목덜미
에는 진드기가 있을 리 없어. 자, 배꼽을 내놓아 보렴."

홍당무는 하는 수 없이 배꼽을 내밀자, 할아버지는 고개를
저으며 말했다.

"흠, 배꼽엔 진드기가 없는데⋯⋯."

그때, 홍당무가 크게 재채기를 했다.

"에, 에, 에취!"

"감기 들겠다. 빨리 옷을 입어라. 아니야, 그 옷은 입지 마.
혹시 옷에 진드기가 붙어 있을지도 모르니까."

할아버지는 홍당무의 셔츠와 바지를 모두 빨았다. 그래서 홍
당무는 물방앗간 할아버지의 방에서 몸을 녹이게 되었다.

"홍당무야, 어떠냐? 셔츠가 마르면 배를 타고 개울 저쪽으로

건너가 보지 않겠니?”

“우와, 정말이에요, 할아버지?”

“물론이지. 그게 그렇게 기쁘냐?”

“네, 무척 기뻐요. 배를 타고 저쪽까지 건너가다니, 전 정말 꿈만 같아요.”

홍당무는 뛸 듯이 기뻤다. 진드기 덕분에 따분한 성당에 가지 않고 물놀이를 하게 된 것이 너무 신났다.

한편, 다른 식구들은 옷을 곱게 차려 입고 집을 나섰다. 그때 뒤에서 농부 파즐이 마차를 타고 오다가 말을 걸었다.

“안녕하십니까? 르픽 어른, 마님, 그리고 에르네스틴 아가씨와 펠릭스 도련님, 성당에 가시는군요?”

“그렇소, 파즐 씨.”

아버지가 귀찮다는 듯 대답했다.

“저도 성당에 가는 길입니다만, 괜찮으시다면 제 마차를 타고 가시지요.”

그래서 모두 마차에 올라탔다.

“그런데 홍당무 도련님은 어디 갔나요?”

파즐은 신나게 마차를 몰면서 물었다.

“그 애는 냇가에 보냈어요. 몸에 진드기가 붙어 있어도 태연하다니까요."

르픽 부인이 카랑카랑한 목소리로 홍당무의 흉을 보았다.

"진드기가요? 그것 참 유쾌한 얘기군요."

"뭐가 유쾌하다는 거예요? 분명히 어디 더러운 곳에 갔다온 게 틀림없어요."

"그렇겠지요."

파즐은 싱글벙글 웃으면서 마차를 몰았다. 이윽고 그들은 성당에 도착했다. 잠시 후, 신부님이 설교를 시작했다.

"하느님은 언제나 우리를 지켜보십니다."

성당 안은 신부님의 성스러운 목소리로 가득 찼다.

"우리는 항상 올바르게 살아야 합니다."

설교가 가장 중요한 대목에 이르렀을 때였다.

"아악!"

갑자기 많은 사람들 사이에서 날카로운 외마디 비명 소리가 들려 왔다. 설교에 귀를 기울이고 있던 사람들은 깜짝 놀라서 주위를 둘러보았다.

"아니, 저건 르픽 어른 댁의 에르네스틴 아가씨잖아? 그런데 왜 저럴까?"

에르네스틴은 새파랗게 질려 있었다.

"도대체 왜 그러니, 에르네스틴?"

"여, 여, 여기 좀⋯⋯."

에르네스틴이 어머니 눈앞으로 내민 목덜미에는 진드기 한 마리가 붙어 있었다.

"앗, 진드기가!"

그것을 본 어머니는 자기도 모르게 소리를 지르고 말았다. 성당 안은 깔깔거리는 웃음소리로 가득해졌다.

"아니, 에르네스틴 아가씨에게도 진드기가 붙었나요? 하하하⋯⋯."

누군가 이렇게 말하면서 크게 웃어 댔다.

"우리 에르네스틴은 진드기가 달라붙을 정도로 더럽게 하고 있진 않아요. 다른 사람이 진드기를 가져와서 에르네스틴에게 장난친 거예요."

소리를 지르던 어머니가 갑자기 몸을 움찔했다. 겨드랑이 밑이 따끔했던 것이다. 틀림없이 진드기였다.

"어머니, 저도 아까부터 배꼽 밑이 가려웠어요."

펠릭스도 배꼽 밑을 긁적거리면서 말했다.

"네게도? 이게 다 홍당무 탓이야. 홍당무가 목에 진드기를 잔뜩 붙이고 와서 옮긴 거야. 도대체 어떻게 된 아이인지, 이젠 정말 용서할 수 없어!"

"어어, 내게도 있군!"

펠릭스 옆에 앉아 있던 파즐이 한가로운 목소리로 말했다. 그 바람에 마을 사람들은 또다시 웃음을 터뜨렸다.

"아니, 한 마리가 아니고 또 있는걸!"

파즐은 자리에서 벌떡 일어서더니 사람들을 향해 커다란 소리로 말했다.

"진드기는 분명히 내가 옮겨 왔소이다. 아침에 이곳에 오기 전에 염소 우리에 들렀거든요."

"그런데 오늘 아침 홍당무도 진드기를 붙이고 있었어요."

어머니가 못마땅하다는 투로 말했다.

"마님, 그건 우리 집 진드기입니다. 홍당무 도련님이 어제 우리 집에 놀러 왔습죠. 그때 옮은 겁니다. 나쁜 건 홍당무 도련님이 아니라 바로 저입니다."

파즐은 놀리듯 웃으면서 말했다.

새해 선물

새해 아침에 눈이 내렸다. 역시 눈이 와야 새해 기분이 난다. 일찍 잠에서 깬 홍당무는 침대에서 뛰쳐나오자마자 세수를 하러 뒷마당으로 갔다. 그런데 물통의 물이 꽁꽁 얼어붙어 있어 그것을 깨야만 했다.

세수라고 해야 얼굴에 물만 바르면 끝이었다. 잘 씻어도 더럽다고 하기 때문에 적당히 씻으면 그만이었다.

세수를 끝낸 홍당무는 상쾌한 기분으로 펠릭스 뒤에 섰다. 펠릭스는 에르네스틴 뒤에 점잖게 서 있었다.

세 아이는 식당으로 들어갔다. 아버지와 어머니는 여느 때와 다름없이 무표정하게 식탁에 앉아 있었다. 에르네스틴이 부모님께 키스를 하고 새해 인사를 했다.

"아버지, 어머니, 새해 복 많이 받으세요. 올해도 아무 탈 없이 건강하시길 빌어요. 그리고 천국에 가시게 되길 빌겠어요."

이어서 펠릭스가 똑같은 인사말을 하고 형식적으로 키스를 했다. 행동이 얼마나 빠른지, 마치 번개가 지나가는 것 같았다. 홍당무는 형이나 누나와 달리 모자 안에서 편지 한 장을 꺼냈다. 겉봉에는 '사랑하는 부모님께'라고 씌어 있고 봉투 한쪽 구석에는 아름답게 색칠한 새가 한 마리 그려져 있었다.

홍당무는 편지를 어머니에게 내밀었다. 어머니는 겉봉을 뜯었다. 편지지에는 활짝 핀 꽃이 가득 그려져 있고 가장자리는 레이스로 꾸며져 있었다. 그리고 여기저기 잉크가 얼룩진 자국이 있었다.

"내게는 주지 않니?"

아버지가 물었다.

"아니, 이건 두 분께 드리는 편지예요. 엄마가 보시고 난 다음 아빠가 보세요."

홍당무가 말했다.

"그래? 넌 아버지보다 어머니를 더 좋아하는구나. 새 은화를 네 호주머니에 넣어 주려고 했는데."

"아빠, 잠깐만 기다려 주세요. 엄마가 금방 읽으실 거예요."

"그래? 그럼 기다려 보자꾸나."

"문장은 그런 대로 괜찮은 것 같다만, 글씨가 서툴러서 어디 읽겠니?"

편지를 다 읽고 난 어머니가 말했다.

"자아, 이번엔 아빠 차례예요."

홍당무는 똑바로 서서 대답을 기다렸다. 아버지는 두 번, 세 번 되풀이해서 편지를 읽었다. 한참 동안 마치 무슨 조사를 하듯 편지를 들여다보던 아버지는 코를 벌름거렸다.

"흠, 흠!"

아버지는 편지를 책상 위에 올려놓았다.

펠릭스와 에르네스틴은 편지를 번갈아 읽어 보고는 맞춤법이 틀린 글자를 집어 내기 시작했다.

어디쯤에서 촉 끝이 망가진 펜을 바꾸어 썼는지, 틀린 글씨는 어떤 건지 키득키득 웃어 대며 흉을 보았다.

식구들이 돌아가며 읽고 난 편지는 다시 홍당무 손에 돌아왔다. 홍당무는 편지를 다시 모자 속에 구겨 넣었다.

다음에는 새해 선물을 받을 차례였다. 에르네스틴은 자기 키만 한, 어쩌면 더 클지도 모르는 커다랗고 멋진 인형을 선물로

받았다.

펠릭스는 상자에 든, 납으로 만든 군인들을 받았는데, 그것은 막 싸우려는 태세를 갖추고 있었다.

마지막으로 어머니가 홍당무에게 말했다.

"홍당무는 멋진 선물을 받게 될 거야."

"아, 그래요?"

"또 그렇게 말하는구나. 그렇다면 벌써 알고 있는 것 아니냐?"

어머니가 찬장을 열고 물건을 꺼낼 때 홍당무는 가슴이 두근거렸다.

어머니는 노란 종이에 싼 파이프 모양의 빨간 사탕을 천천히 꺼냈다. 홍당무는 기뻐서 어쩔 줄 몰라 했다.

그는 지금 곧 부모님과 형과 누나의 눈길을 받으면서 마치 담배 피우듯이 멋지게 폼을 잡아 봐야겠다고 생각했다. 그래서 빨간 파이프 사탕을 두 손가락 사이에 끼고 몸을 잔뜩 뒤로 젖히고는 고개를 왼쪽으로 기울였다. 그러고는 입을 동그랗게 오므리고 양볼이 움푹 들어갈 만큼 소리를 내어 빨아들이고는 정말 연기를 내뿜는 것처럼 크게 숨을 내쉬며 말했다.

"정말 멋진 파이프네요! 연기가 무척 잘 통해요."

"그렇게 잘 통하면 나도 한 대 피워 보자."

펠릭스가 부럽다는 듯이 말했다.

"그럼 이 파이프하고 군인하고 바꿀까?"

"어림도 없는 소리! 그까짓 사탕, 먹어 버리면 그만이야."

펠릭스는 혀를 날름 내밀었다.

"알았어. 그만두라고. 난 어머니가 주신 선물에 고마움을 느낄 때마다 한 대씩 피울 테니까."

홍당무는 어머니 쪽을 바라보면서 말했다.

서운한 마음

방학이 시작되자 르픽 씨의 아이들은 집으로 돌아왔다. 역마 차에서 내린 홍당무는 부모님의 모습이 보이자, 속으로 어떻게 하면 좋을까 생각해 보았다.

'여기서부터 달려갈까?'

홍당무는 자꾸만 망설였다.

'아직은 너무 일러. 여기서부터 뛰어가면 숨이 많이 찰 거야. 너무 수선을 떨어선 안 돼. 침착해야지. 저만큼 가서 달리는 게 더 나을 거야.'

홍당무는 모자에 대한 것도 미리 생각했다.

'모자는 언제 벗어야 좋을까? 그리고 아버지와 어머니 두 분

중에 어느 쪽에 먼저 키스를 할까?'

홍당무가 이런 생각을 하고 있는 사이에, 먼저 달려간 형과 누나가 부모님의 사랑을 차지해 버렸다. 홍당무가 달려갔을 때에는 아무도 그를 쳐다보지 않았다.

"홍당무, 너는 다 자랐는데 아직도 '아빠'라고 부르는 거니? 아버지라고 부르면서 의젓하게 악수를 해야지. 그래야 사내답지 않겠니?"

어머니는 고작 이렇게 말하면서 홍당무의 이마에 건성으로 입을 맞추었다.

홍당무는 집에 돌아왔다고 생각하니 너무 좋아서 눈물이 날 정도였다. 그러나 그럴 때마다 홍당무는 마음과는 정반대의 표정을 지었다.

새 학기가 시작되어 학교로 돌아가는 날이 되었다. 저쪽에서 역마차의 방울소리가 들려오자, 어머니는 두 팔을 벌리고 아이들을 끌어안았다.

홍당무는 참을성 있게 자기 차례가 오기를 기다렸다. 손은 벌써 마차의 손잡이 쪽으로 가져가고, 작별의 인사말도 생각해 두고 있었다.

홍당무는 참을 수 없을 만큼 슬퍼서 견딜 수가 없었다. 그래서 일부러 콧노래를 흥얼거렸다. 누나와 형이 마차 안으로 들어가자, 홍당무는 마지못한 듯 점잖게 인사를 했다.

"안녕히 계세요, 어머니……."

"아이고, 넌 어떻게 된 아이인지 별나기도 하다. '엄마'라고 부르면 되지, '어머니'가 뭐냐? 아직 젖비린내도 가시지 않고 코흘리개인 주제에……."

어머니는 홍당무의 이마에 한 번 가볍게 키스하고 돌아섰다.

아버지와 펜

르픽 씨는 펠릭스와 홍당무를 생 마르크 학교의 기숙사에 넣었다. 기숙사 학생들은 비가 오나 눈이 오나 하루에 두 번씩 기숙사와 학교를 오갔다. 그리 멀지 않은 거리였기 때문에 일 년 내내 걸어다녔다.

그날도 수업이 끝난 학생들은 무리를 지어 어슬렁어슬렁 학교에서 돌아오고 있었다. 홍당무는 머리를 숙인 채 걷고 있었는데, 옆에서 친구가 소리쳤다.

"야, 홍당무! 저기 너희 아버지가 오고 계셔."

아버지는 이런 식으로 아이들을 놀라게 하는 것을 좋아했다. 소식도 없이 갑자기 찾아오는 것이었다.

홍당무와 펠릭스는 학생들 무리에서 빠져나와 아버지에게로 달려갔다.

"아버지가 오실 거라곤 꿈에도 생각하지 못했어요. 전 아버지 생각은 조금도 하지 않고 있었거든요."

"그래? 홍당무는 아버지의 얼굴을 보기 전엔 아버지 생각을 조금도 하지 않았던 게로구나."

홍당무는 아버지에게 애정이 가득 담긴 말을 하고 싶었지만 그럴듯한 대답이 얼른 떠오르지 않았다.

사실 홍당무는 다른 일에 정신을 빼앗기고 있었다. 아버지에게 키스를 하기 위해 발돋움을 하며 애를 쓰고 있었던 것이다. 처음에는 홍당무의 입술이 수염에 살짝 닿았다. 그런데 아버지는 고개를 앞으로 수그리더니 뒤로 한 발짝 물러섰다.

홍당무는 다시 한 번 아버지의 뺨에다 키스하려고 했다. 그것도 뜻대로 되지 않았다. 간신히 아버지의 코 언저리만 살짝 스쳤을 뿐이었다.

'아버지는 이제 나를 사랑하지 않나 봐.'

홍당무는 몹시 서운했다. 그리고 아버지와 형이 다정하게 키스하던 장면이 떠올라 더 기분이 좋지 않았다.

'형하고는 분명히 키스를 했어. 뒤로 물러서지도 않고 형이

하고 싶은 대로 가만히 있었어. 그런데 왜 내 키스는 피하시는 걸까? 분명 나를 싫어하시는 거야. 평소에도 그랬던 것 같아. 나는 아버지가 정말 보고 싶었는데, 오래전부터 나는 아버지와 어머니를 만나면 강아지처럼 목에 매달리려고 마음먹고 있었는데……. 그런데 막상 만나면 그런 마음이 싹 사라져 버리고 말아.'

홍당무의 마음은 몹시 무거웠다.

"그리스어 실력은 좀 나아졌니?"

아버지가 물었지만 홍당무는 제대로 대답을 할 수가 없었다.

"그리스어요? 글짓기보다는 해석을 더 잘해요. 왜냐하면, 해석은 어느 정도 상상할 수 있거든요."

"그럼 독일어는 어떠냐?"

"독일어는 발음이 무척 어려워요."

"그럼 안 된다. 만일 전쟁이 일어난다면 독일 사람들을 어떻게 이길 수 있겠니? 상대방 말도 모르면서 말이야."

"그때까지는 알 수 있을 거예요. 아버지는 늘 전쟁, 전쟁 하시지만, 제가 졸업할 때까지는 전쟁이 일어나지 않아요. 아마도 기다려 줄 거예요."

"그건 그렇고, 홍당무는 지난 학기말 시험 몇 등 했니? 설마

꼴찌는 아니겠지?"

"아버지, 꼴찌도 한 사람은 있어야 하잖아요?"

"이 녀석, 말은 잘하는구나. 나는 너희에게 점심을 사 주려고 왔단다. 오늘이 일요일이면 좋을 텐데……. 너희들 공부하는 데 방해가 되지 않게 하려면 말이다."

"난 괜찮아요. 특별히 할 일도 없으니까요. 형은 어때?"

"마침 잘되었어요. 오늘은 숙제도 없으니까요."

그러자 르픽 씨가 말했다.

"그렇다면 복습을 더 해야겠구나."

"문제없어요. 벌써 다 외운 걸요. 어제와 같은 거예요."

"아무튼 오늘은 다른 아이들과 함께 기숙사로 돌아가는 것이 좋겠다. 아버지는 일요일까지 여기 있을 계획이니, 그때 오늘 몫까지 맛있는 걸 사 주마."

펠릭스와 홍당무가 졸라서 될 일이 아니었다. 아버지와는 곧 작별해야 할 것이다. 홍당무는 다시 작별할 때를 걱정하며 기다렸다.

'아버지가 작별 키스는 받아 주실까? 그래, 해 봐야지. 아버지가 정말 나를 싫어하는지 분명히 알게 될 거야.'

홍당무는 아버지를 똑바로 쳐다보며 입을 삐죽이 내밀고 다가갔다. 그러자 아버지는 커다란 손을 앞으로 내밀며 홍당무를 밀어냈다.

"아이고, 이 녀석아! 넌 귀에 꽂은 펜으로 기어이 아버지 눈에 구멍을 내겠다는 거냐? 키스할 때만이라도 다른 곳에 넣어 두면 어떠냐? 아버지를 좀 봐, 파이프도 물지 않고 있잖니!"

"아이쿠, 깜박 잊었어요. 전에도 누구한테 주의를 받은 적이 있어요. 그렇지만 이 펜이 내 귀에 꼭 맞기 때문에 그대로 두었지요. 아무튼 아버지, 난 정말 기뻐요. 아버지가 저를 피한 게 아니고, 펜을 무서워한 것이어서요."

"이 녀석아, 웃긴 왜 웃어! 하마터면 이 아버지를 애꾸로 만들 뻔하고서……."

"아버지, 그게 아니에요. 다른 일로 웃는 거예요. 조금 전까지 전 바보 같은 생각을 하고 있었거든요!"

홍당무와 아버지 르픽 씨가 나눈 편지

| 홍당무가 아버지께 |

사랑하는 아버지께

방학 동안 아버지와 함께 낚시하던 것을 생각하면 지금도 마음이 설렙니다. 그런데 요즘 몸이 아파서 기분이 좋지 않습니다. 허벅지에 큰 종기가 나서 내내 누워 있습니다.

종기는 터지기 전에는 많이 아프지만, 터지면 그다지 아프지 않습니다. 문제는 종기가 자꾸 햇병아리처럼 늘어나는 것입니다.

그렇지만 너무 걱정하지 마세요. 곧 나을 거예요.

- 생 마르크 기숙사에서 홍당무 드림 -

| 아버지의 답장 |

사랑하는 홍당무에게

너는 고리 문답 공부를 했으니 인류가 못 때문에 당한 고통에 대해 잘 알고 있을 것이다.

예수님은 손과 발에 못이 박혔는데도 단 한 마디 불평도 하지 않으셨단다. 더구나 그 못은 진짜 못이었다.

그러니 너도 그걸 생각해서 종기쯤은 아무것도 아닌 것으로 여기고 기운을 내기 바란다. 아들아!

- 아버지가 -

| 홍당무가 아버지께 |

사랑하는 아버지!

오늘 이가 하나 새로 돋아난 것을 알려 드리게 되어 기쁩니다. 나이에 비하면 조금 이른 것 같기는 하지만, 틀림없이 사랑니인 것 같습니다. 저는 사랑니가 한 개만 나는 것을 원하지 않습니다.

아버지, 저는 늘 착한 말버릇과 뛰어난 성적으로 아버지를 기쁘게 해 드리고 싶습니다.

- 홍당무 드림 -

| 아버지의 답장 |

사랑하는 홍당무야!

네 이가 새로 돋아날 무렵에 아버지의 이 하나가 흔들리기 시작했다. 그리고 어제 아침에 끝내 빠져 버리고 말았단다.

네 이가 하나씩 늘어날 때마다 아버지는 하나씩 잃게 될 것이다. 그러나 너무 서운해하지 마라. 더하고 덜할 것도 없이 우리 가족 이빨 수는 언제나 똑같을 것이기 때문이다.

잘 있거라, 아들아.

- 아버지가 -

| 홍당무가 아버지께 |

아버지! 제 말을 들어 보세요.

어제는 라틴어를 가르쳐 주시는 자크 선생님의 생신이었습니다. 저는 만장일치로 우리 반 대표로 선생님께 축사를 올리게 되었습니다. 저는 밤을 꼬박 새워 군데군데 라틴어가 섞인 긴 축하의 글을 썼습니다. 제가 쓰긴 했어도 꽤 잘된 글이었습니다.

드디어 라틴어 시간이 되었습니다.

'야! 빨리 해, 빨리!' 하는 친구들의 속삭이는 소리에 용기를 내어 재빨리 교단 위로 올라갔습니다. 그리고 저는 자랑스럽게 종이를 펴들고 '저희들이 존경하는 자크 선생님!' 하고 읽기 시작했습니다.

바로 그때였어요. 선생님이 화를 버럭 내시면서 큰 소리로 야단을 쳤습니다.

"냉큼 제자리로 가지 못하겠니?"

어떻게 이럴 수가 있죠? 저는 너무 놀라서 눈앞이 캄캄해져 도망치듯 자리로 가서 앉았습니다. 친구들도 책으로 얼굴을 가리고 숨을 죽였지요.

그러자 자크 선생님은 무서운 얼굴로 저를 지명했습니다.

"너, 거기 연습글을 해석해 봐!"

아버지는 이 일을 어떻게 생각하시는지 궁금합니다.

- 홍당무 드림 -

| 아버지의 답장 |

사랑하는 홍당무야,

이 다음에 네가 훌륭하게 자라서 국회 의원쯤 되면 알게 될 것이다. 홍당무야, 자크 선생님과 같은 사람은 이 세상에 얼마든지 많단다. 사람에게는 각자 자기가 맡은 일이 있는 법이란다.

선생님이 고단에 서는 것은 너희에게 공부를 가르치든 뭐든 긴

연설을 하기 위해서란다. 결코 누군가 하는 연설을 듣고 싶어하지 않는단다. 부디 명심해 두기 바란다.

　- 아버지가 -

| 홍당무가 아버지께 |

오늘 아버지가 보내 주신 토끼는 지리와 역사를 가르치는 리그리 선생님께 잘 전해 드렸습니다. 선생님은 아버지께 고맙다는 인사를 전해 달라고 말씀하셨어요.

선생님은 제가 빗물이 뚝뚝 떨어지는 우산을 들고 방으로 들어갔을 때, 손수 우산을 받아 현관 옆에 놓아 주셨습니다. 그런 다음 선생님과 여러 가지 이야기를 했지요.

선생님은 제가 조금만 더 하면 지리와 역사 과목에서 1등을 할 수 있을 거라고 말씀하셨습니다.

아버지, 과연 그런 일이 있을 수 있을까요? 아버지는 어떻게 생각하실지…….

그런저런 얘기를 하는 동안 저는 줄곧 서 있었습니다. 리그리 선생님은 대단히 친절하셨지만, 제게 의자에 앉으라는 말씀만은 끝까지 하지 않으셨습니다.

선생님께서 깜박 잊으신 걸까요? 아니면 예절을 모르시기 때문일까요? 저는 도무지 이해가 안 됩니다.

제발 아빠의 의견을 들려주세요.

- 홍당무 드림 -

| 아버지의 답장 |

사랑하는 홍당무에게!

너는 변함없이 불평불만이 많구나! 지난번에는 자크 선생님이 제자리에 가서 앉으라고 했다는 불평을 하더니, 이번에는 리그리 선생님이 의자에 앉으라고 하지 않았다고 투덜대니 말이다.

내 생각에는 어른 대접을 받기에는 네가 아직 어려서 그런 것 같구나. 그러니 리그리 선생님이 의자를 권하지 않은 일에 대해서 더 이상 말하지 마라. 아니면 네가 너무 작아 선생님은 네가 이미 의자에 앉은 것으로 착각했을 것이다.

- 아버지가 -

| 홍당무가 아버지께 |

아버지! 얼마 뒤 파리로 여행을 하신다고요?

저도 아버지와 함께 파리를 구경할 수 있다면 얼마나 좋을까요? 그러나 공부를 하기 위해서는 파리 여행 같은 멋진 여행도 단념해야겠지요.

다만 이번 기회를 이용하여 아버지에게 부탁드릴 것은 책을 몇 권 사다 주셨으면 하는 것입니다. 제가 지금 가지고 있는 책은 거의 모두 읽어 외우고 있습니다.

어떤 책이라도 재미만 있다면 괜찮습니다. 책이란 원래 그다지 차이가 없으니까요. 그러나 읽고 싶은 책이 있긴 해요. 프랑수아 마리 아루에 드 볼테르가 쓴 「라 앙리아드」와 장 자크 루소의 「신 엘로이즈」입니다. 만일 아버지께서 그걸 사다 주신다면, 기숙사의 사감도 책을 빼앗지 못할 것입니다.

　- 홍당무 드림 -

| 아버지의 답장 |

사랑하는 홍당무에게!

네가 이야기한 문학가들도 사실은 너나 아버지와 조금도 다를 것이 없는 사람들이란다. 그들이 한 일은 이다음에 너도 할 수 있을 것이다. 자, 너도 책을 열심히 써 보아라. 그런 다음 네가 쓴 책을 읽는 것도 바람직한 일이다. 그렇지 않니?

　- 아버지가 -

| 아버지의 답장 |

사랑하는 홍당무야,

아침에 다시 네 편지를 읽어 보았는데 이해할 수가 없었다. 문장도 전과 다르고, 내용도 이상해서 무슨 뜻인지 전혀 이해가 안 되었다.

다른 때의 너는 늘 일어난 일을 꼼꼼하게 알려 오지 않았니? 그런데 지금은 한창 겨울인데, 어째서 봄 나들이에 대해 이야기했니? 도대체 어떻게 된 거냐? 편지에는 날짜도 없고, 아버지에게 보낸 것인지, 아니면 개에게 보낸 것인지조차 알 수가 없더구나. 글씨체도 달라진 것 같고, 행도 많이 바뀌어 어리둥절할 뿐이다.

너는 아버지를 놀리려는 것 같지만, 놀림을 당하는 쪽은 너 자신이다. 그렇다고 너를 야단칠 생각은 없다. 다만 주의를 줄 뿐이다.

- 아버지가 -

| 홍당무의 답장 |

아버지, 지난번 편지에 관해 말씀드리겠습니다. 그 편지는 시로 씌여진 것입니다. 아버지는 그 점을 미처 깨닫지 못하신 것 같습니다.

- 홍당무 드림 -

헛간

원래 그 헛간에는 닭, 토끼, 돼지가 교대로 살고 있었지만, 그 무렵에는 텅 비어 있었다. 그래서 여름 방학 동안 홍당무의 좋은 놀이터가 되었다.

키가 큰 쐐기풀이 헛간 앞을 가리고 있어, 그곳에 배를 깔고 누워 있으면 마치 수풀 속에 누워 있는 것처럼 느껴졌다.

바닥에는 먼지가 뽀얗게 쌓여 있고, 벽은 습기로 눅눅했으며 여기저기 갈라져 있었다. 게다가 천장이 낮아, 일어서면 홍당무의 머리가 닿을 정도였다.

그러나 홍당무는 그 안에 있을 때 아늑한 기분을 느꼈다. 방해하는 사람도 없고, 장난감 따위도 필요하지 않았다.

혼자 공상에 잠겨 있는 것만으로도 즐거웠다. 홍당무가 즐겨 하는 장난은 엉덩이로 헛간의 네 귀퉁이에 둥지를 파는 일이었다. 그는 흙손 대신 손으로 먼지를 긁어 모아 말쑥하게 만들었다. 벽에 등을 기대고 두 손으로 무릎을 끌어안고 앉아 있노라면 더할 수 없이 기분이 좋았다. 사실 이것이 가장 장소를 많이 차지하지 않는 방법이었다. 헛간에 있을 때만은 성가신 것이 없었다.

그때 문득 인기척이 났다.

"홍당무야! 홍당무 어디 있니?"

홍당무를 부르는 소리와 함께 곧 누군가의 얼굴이 헛간 안을 들여다보았다. 홍당무는 몸을 동그랗게 말고 축축한 벽에 기대어 있었다. 그리고 숨을 죽인 채 입을 크게 벌리고 입구 쪽을 지켜보았다. 두 눈이 어둠 속을 살피고 있었다.

"홍당무야, 거기 있니?"

홍당무는 심장이 쿵쿵거리며 비명이 나올 것 같았지만 꾹 참았다.

"여기도 없네. 홍당무 녀석, 어디로 가 버린 거지? 정말 애를 먹이는군."

화난 목소리가 멀어져 가자 홍당무는 몸을 조금 펴고 앉아서 생각에 잠겼다. 생각은 다시 먼 길을 달리기 시작했다.

그런데 시끄러운 소리가 귀를 간지럽혔다. 날벌레 한 마리가 천장에 있는 거미줄에 걸려서 몸부림을 치며 퍼덕거리고 있었다. 거미는 제 집에 숨어 있다가 거미줄을 타고 미끄러지듯 내려왔다. 아랫배가 하얀 거미는 꽁무니의 줄로 먹이를 말아 대롱대롱 매달아 놓았다.

홍당무는 엉거주춤 서서 거미에게서 눈을 떼지 않았다. 숨을 죽이고 마른침을 삼키면서 벌레의 최후를 기다렸다. 거미가 벌레에게 달려들어 긴 다리를 오그리고 벌레를 먹기 시작하자, 홍당무는 자기도 한몫 끼기라도 할 것처럼 가까이 들여다보았다. 단지 그뿐이었다. 그런데 거미는 벌레를 먹다 말고 천장으로 올라갔다.

홍당무도 제자리로 돌아가 몸을 웅크리고 앉았다. 왠지 캄캄한 밤처럼 기분이 우울해졌다.

대부 할아버지

르픽 부인은 가끔 홍당무를 대부(세례명을 지어 주고, 영혼의 부모 역할을 하는 사람) 할아버지에게 보냈다.

"대부께서 괜찮다고 하면 자고 와도 좋다."

대부 할아버지는 혼자 살면서 포도밭을 가꾸고 낚시질을 하면서 세월을 보내고 있었다. 성격이 좀 까다로웠지만 홍당무에게만은 친절했다.

"홍당무야, 참 잘 왔다!"

"안녕하셨어요, 할아버지? 제 낚싯대도 준비해 놓으셨죠?"

홍당무는 키스도 하기 전에 급하게 물었다.

"낚싯대는 하나만 있으면 돼."

홍당무는 할아버지의 대답을 들을 사이도 없이 헛간 문을 열었다. 헛간에는 이미 홍당무의 낚싯대가 준비되어 있었다. 할아버지는 늘 이런 식으로 농담을 했기 때문에 홍당무는 별로 화를 내지 않았다.

할아버지가 '그렇다.'고 말하는 것은 '그렇지 않다.'고 하는

것과 같았다. 물론 반대일 때도 있지만.

'나는 할아버지가 이러는 것이 그렇게 나쁘지 않아.'

두 사람은 항상 사이가 좋았다.

할아버지는 하루 동안 일주일 치의 식사를 만들어 두었다. 그러나 오늘만은 특별히 홍당무를 위해서 큰 냄비에 강낭콩을 넣어 불 위에 올려놓은 다음 또 고기를 넣고 끓였다. 그리고 그날의 일과를 시작하기 전에 억지로 홍당무에게 포도주를 한 잔 마시게 했다.

식사를 한 뒤 두 사람은 고기를 잡으러 갔다. 강가에 닿자마자 두 사람은 능숙하게 낚싯대를 드리웠다.

낚시를 시작하기 전에 할아버지가 홍당무에게 말했다.

"찌가 세 번 가라앉았다 뜨기 전에는 절대로 낚싯대를 잡아 채지 마라."

"왜 하필 세 번이에요?"

"첫 번째는 물고기가 그냥 한번 건드려 보는 거란다. 두 번째가 진짜인데, 물고기가 먹이를 삼킨 거지. 그러니까 세 번째는 틀림없이 잡힌 거야. 달아날 염려가 없거든. 천천히 들어 올려도 놓칠 걱정은 없단다."

할아버지는 낚아 올린 큰 물고기를 갓난아기를 강보에 싸듯

수건에 돌돌 말아서 그늘에 놓아 두었다.

홍당무는 모래무지를 잡는 것이 가장 재미있었다. 처음에 신을 벗고 물속으로 첨벙첨벙 들어간다. 바닥의 모래를 발로 휘저어 물을 흐리게 한 다음, 한가운데에 낚시를 드리우는 것이다. 얼빠진 모래무지들은 흐린 물을 좋아했다.

홍당무는 낚싯대를 던질 때마다 한 마리씩 낚아 올렸다. 너무 빨리 낚는 바람에 미처 할아버지에게 알릴 틈도 없었다.

"열여섯, 열일곱, 열여덟 마리……."

어느덧 해가 머리 꼭대기까지 올라와 있었다.

"이제 점심 먹으러 가자."

집에 돌아온 할아버지와 홍당무는 푹 삶은 강낭콩을 배가 부를 때까지 먹었다.

"이렇게 맛있는 건 다시 없을 거다."

할아버지가 식사를 하면서 말했다.

"나는 푹 삶은 강낭콩을 제일 좋아한단다. 씹을 것도 없이 입 속에서 녹아 버리니까. 자고새의 날개에 박힌 총알처럼 딱딱 소리가 나는 콩을 먹으니 곡괭이 끝을 씹어 먹는 게 훨씬 나을 거다."

"할아버지의 콩은 정말 사르르 녹는군요. 어머니가 삶아 주는 것도 맛이 있긴 하지만, 이것처럼 맛있진 않았어요. 아마 크림을 덜 넣어서 그런 모양이에요."

"네가 맛있게 먹는 걸 보니 기분이 좋구나. 집에선 배불리 먹지 않는 모양이지?"

"밥 먹을 때마다 달라져요. 어머니 배가 몹시 고플 땐 저도 배불리 먹을 수 있어요. 어머니의 접시에 담는 만큼 제 접시에도 담아 주시거든요. 어머니의 배가 별로 안 고플 땐 저도 조금 먹을 수밖에 없어요."

"왜 더 달라는 소리를 못 하지?"

"그게 간단하지가 않아요. 어머니가 먹는 대로 따라 먹어야 해요. 그리고 사실 조금 모자란 듯한 것이 좋잖아요."

"그래? 난 자식이 없어서 잘은 모르겠다만……."

식사를 마친 두 사람은 포도밭으로 갔다. 오후에는 포도밭에서 보내기로 한 것이다.

홍당무는 할아버지가 곡괭이로 흙을 파는 것을 바라보면서 뒤를 따라갔다. 그리고 포도덩굴 아래 벌렁 드러누워서 푸른 하늘을 쳐다보며 버드나무 잎사귀로 코끝을 간질였다.

대부와 샘물

홍당무는 할아버지하고 같은 침대에서 자지 않을 작정이었다. 왜냐하면 혼자서 기분 좋게 자고 싶기 때문이었다.

방이 좀 춥긴 하지만 할아버지의 깃털 침대는 너무 더웠다. 어쨌든 홍당무는 어머니의 잔소리를 듣지 않고 느긋하게 잘 수 있어서 퍽 다행이었다.

"어머니가 그렇게도 무서우냐?"

할아버지가 딱하다는 듯이 물었다.

"무섭다기보다 어머니에게 제가 너무 만만하게 보이는 것이 문제지요. 예를 들어 어머니가 형을 때리려고 하면 형은 얼른 빗자루를 들고 막을 준비를 해요. 그러면 어머니는 얼른 단념을 해 버려요. 어머니는 형에게는 상냥하게 대해 주는 것이 좋다고 생각하고 있어요. '펠릭스는 감수성이 예민한 애라서 때려도 아무런 효과가 없어. 그렇지만 홍당무는 마음 놓고 때릴 수 있지.' 하고 말이에요."

"그럼 너도 형처럼 빗자루를 들어 보지 그랬니?"

"그렇게 할 수 있다면 뭐가 걱정이겠어요? 사실 형과 싸울 때 형한테는 얻어맞지 않지만, 어머니에겐 그게 아니에요. 만일 제가 빗자루를 든다면 어머니는 빗자루를 어머니에게 집어 주는 걸로 생각할 거예요. 그러고는 빗자루를 빼앗아 나를 때릴 거예요."

"홍당무야, 어서 자는 게 좋겠다."

하지만 두 사람은 좀처럼 잠을 이룰 수가 없었다. 더구나 할아버지는 홍당무가 불쌍해서 견딜 수가 없었다.

홍당무가 간신히 잠이 들려는 순간, 할아버지가 갑자기 홍당무의 팔을 붙잡으며 외쳤다.

"홍당무야, 여기 있었구나! 또 꿈을 꾸었군. 난 네가 또 샘물 속에 빠져 버린 줄 알았다. 너도 그 샘이 기억나지?"

"기억나고말고요. 불평하는 건 아니지만 그 얘기는 외울 수 있을 만큼 들은 걸요."

"난 그때 일을 생각하면 지금도 등골이 오싹해진단다. 나는 풀밭에 누워 자고 있었는데, 너는 샘가에서 놀다가 그만 미끄러져 빠지고 말았지. 나는 자느라 그 소리를 듣지 못했고……. 그런데 너는 별로 깊지 않은 샘이었는데도 일어나지 못하고 버둥거리기만 했어. 넌 그때 어째서 못 일어난 거니?"

"물속에서 제가 생각을 하고 있었다면 믿으시겠어요?"

"글쎄다. 네가 철벅거리는 소리에 나는 잠이 깨었지. 그래서 용케 너를 건져 낼 수 있었단다. 샘에서 건져 내자 너는 마치 펌프처럼 물을 토해 냈지. 불쌍한 녀석! 얼른 젖은 옷을 벗기고 베르나르 신부의 외출복을 꺼내 갈아입혔단다."

"그 옷은 무척 껄끄러웠어요. 몸이 가려워서 혼났지요."

"베르나르에게는 좋은 셔츠가 없었지. 그건 그렇고, 그때 만일 내가 조금만 늦게 깨었더라면 넌 꼼짝없이 죽었을 거다."

"그랬으면 할아버지와 이야기도 못 나누었겠지요."

"아이구, 내가 또 실없는 얘길 꺼냈구나. 그런 일이 있은 후부터 너와 잘 때면 마음이 안 놓인단다."

"할아버지, 저 불평 한 마디 해도 돼요? 졸려 죽겠어요."

"오, 그래! 어서 자렴."

"할아버지, 그럼 잡고 있는 제 손을 좀 놓아 주시겠어요? 제가 잠이 들면 다시 빌려드릴게요. 할아버지 다리도 좀 치워 주세요. 간지러워요. 저는 다른 사람 살이 닿으면 잠을 못 자거든요."

벌레 먹은 자두

할아버지와 홍당무는 잠이 올 것 같지 않았다. 깃털 이불 속에서 꼼지락대다 할아버지가 먼저 입을 열었다.

"홍당무야, 자니?"

"아뇨, 아직 안 자요."

"차라리 지렁이나 잡으러 갈까?"

"네, 좋아요."

두 사람은 침대에서 뛰어 내려와 옷을 입고 뒤뜰로 나갔다. 등잔불은 홍당무가 들고, 할아버지는 깡통을 들었다.

깡통 안에는 축축한 흙이 반쯤 들어 있었다. 낚시질할 때 미끼로 쓰는 지렁이를 잡아 깡통 속에 넣어 둘 생각이었다. 깡통

흙 위에 젖은 이끼를 덮어 두면 지렁이가 도망가지 않았다. 비가 오는 날이면 지렁이는 얼마든지 잡혔다.

"소리 나지 않게 가만가만 걸으렴. 지렁이는 조그만 소리가 나도 금방 구멍 속으로 숨어 버린단다. 지렁이들은 구멍에서 완전히 나오지 않으면 잡기 어렵거든. 그리고 살살 잡아야 해. 만일 반쯤 흙 속에 기어 들어갔을 때는 단념해야 한단다. 무리하게 잡아당기면 끊어져 버리니까 말이야. 끊어진 지렁이는 놓아 줘야 해. 물고기들은 그런 지렁이는 거들떠보지도 않는단다. 살아 있는 지렁이가 아니면 큰 물고기는 낚을 수가 없어. 물고기는 그놈이 도망가는 것으로 알고 뒤쫓아가 덥석 삼키거든."

이야기를 듣던 홍당무가 투덜대면서 말했다.

"그런데 지렁이를 못 잡겠어요. 더러운 침 같은 게 묻어서 손가락이 찐득찐득해졌어요."

할아버지는 고개를 저으며 말했다.

"지렁이는 조금도 더럽지 않단다. 세상에서 제일 깨끗하다고 할 수 있지. 먹는 거라곤 흙뿐이니까. 나는 지렁이를 먹을 수도 있을 것 같은데……."

"그럼 할아버지, 이걸 잡숴 보세요."

"그놈은 너무 크구나. 불에 구워서 빵과 함께 먹으면 좋겠구나. 작은 놈이라면 날것으로 먹을 수도 있지. 그래! 자두에 붙어 있는 놈 정도라면 실컷 먹지."

홍당무의 어머니는 할아버지의 그런 점들을 싫어했다.

홍당무는 등잔불을 치켜들고 자두를 몇 개 땄다. 잘 익은 것은 자기 몫으로 하고 벌레 먹은 것은 할아버지에게 드렸다. 할아버지는 그것을 씨도 빼지 않고 통째로 한 입에 넣고는 말했다.

"벌레 먹은 자두가 맛있는 법이란다."

"저도 벌레 먹은 자두를 먹을 수 있어요. 하지만 입에서 냄새가 날까 봐 걱정돼요. 혹시 어머니가 키스라도 해 주시게 되면……."

"냄새라고?"

할아버지는 홍당무의 얼굴에다 갑자기 입김을 내뿜었다.

"정말이군요! 담배 냄새밖에는 안 나요. 그런데 담배 냄새는 지독해요. 전 할아버지를 아주 좋아하지만 담배는 좋아하지 않아요."

"무슨 소리! 나는 담배 덕에 오래 살 거다."

꼬마 신랑 신부

에르네스틴이 숨을 헐떡이며 집 안으로 뛰어 들어왔다.

"어머니, 홍당무 좀 보세요. 또 들판에서 마틸드하고 신랑 신부 놀이를 하고 있어요. 펠릭스는 들러리를 서고요. 그런 놀이를 하면 안 된다고 하셨지요?"

들판에서는 마틸드가 하얀 꽃이 달린 옷을 입고 똑바로 서 있었다. 오렌지빛 화관을 머리에 쓰고 있는 모습이 진짜 신부 같았다. 머리카락처럼 땋아 내린 모란꽃 덩굴이 턱 아래에서 등으로 돌아갔다가, 다시 팔을 따라 드리워져 있었다.

덩굴은 서로 얽혀 허리를 감고는 바닥까지 질질 끌렸다.

"신부는 이만하면 됐어. 이제 신랑, 홍당무 차례야."

펠릭스는 자기가 꾸며 놓은 신부를 바라보며 말했다.

홍당무도 마틸드와 마찬가지로 모란꽃 덩굴을 온몸에 감았다. 중간에 양귀비꽃과 노란 민들레를 몇 송이 달기는 했다. 장례식 때는 처음부터 끝까지 슬픈 표정을 잃지 않아야 하고, 결혼식 때는 엄숙한 표정을 지어야 할 것이다.

펠릭스와 신랑, 신부 셋은 모두 결혼식 때의 그런 기분을 잘 알고 있는 것처럼 진지한 표정을 짓고 있었다.

"자, 신랑 신부는 손을 잡고 천천히 앞으로 걸어가세요!"

펠릭스의 말에 꼬마 신랑 신부는 발을 맞추어 나란히 걷기 시작했다. 마틸드는 옷자락이 다리에 감길 때마다 손끝으로 살짝 들어 올렸다. 그러는 동안 홍당무는 한쪽 팔을 들고 점잖게 서서 신부를 기다려 주었다.

펠릭스는 신랑 신부에게 들판을 한 바퀴 돌라고 했다. 그리고 자신이 목사가 되어 축복의 기도도 해 주고, 친구가 되어 축사도 했다. 또 바이올린 연주자가 되어 축가를 연주하기도 했다.

"좋았어. 결혼식은 끝났어. 자, 그럼 서로 입을 맞춰."

그러나 꼬마 신랑 신부는 어쩔 줄 모르고 망설였다.

"엉터리 신랑 신부로군. 결혼식이 끝나면 누구나 다 키스하고 다정하게 이야기하는 거야."

펠릭스는 시범을 보이듯 자기가 먼저 마틸드에게 키스를 했다. 홍당무는 용기를 내어 꽃에 파묻힌 마틸드의 볼에다 살며시 입술을 갖다 댔다.

"이건 놀이가 아니야. 나는 정말 너랑 결혼할 거야."

마틸드도 홍당무의 볼에다 입을 맞추었다. 두 사람은 얼굴이 새빨개졌다. 옆에서 지켜보던 펠릭스가 큰 소리로 두 사람을 놀리기 시작했다.

"바보들 같으니! 진짜라고 생각하고 있군."

"형이 뭐라고 해도 좋아. 형은 우리 결혼을 반대할 수 없을 거야. 어머니만 좋다고 하면 그만이야."

바로 그때였다.

"난 절대로 찬성하지 못해!"

마치 대답을 하기 위해 달려온 것처럼 어머니가 그들 앞에 나타났다. 어머니는 옷자락에서 바람 소리가 날 만큼 빠른 걸음으로 달려왔다. 그 뒤를 고자질한 에르네스틴이 쫓아오고 있었다.

어머니는 덩굴장미 가지를 하나 꺾어서 잎은 뜯어 내고 가시만 남겨 가지고 왔다.

"무시무시한 가시 회초리다!"

펠릭스는 부리나케 달아나 몸을 숨기고 이쪽을 엿보았다.

겁이 많은 홍당무였지만, 오늘만은 가슴을 딱 편 채 버티고 서 있었다. 옆에 있던 마틸드는 겁이 나서 부들부들 떨면서 흐느껴 울기 시작했다.

"마틸드, 울지 마. 무서워할 거 없어. 어머니는 나만 때릴 거야. 나 혼자 혼나면 돼."

"하지만 너의 어머니가 우리 엄마에게 이를 게 뻔해. 그러면 우리 엄마도 나를 때릴 거야. 아, 난 몰라!"

어머니는 천천히 다가왔다.

홍당무는 신부 마틸드를 가로막고는 그 앞에 버티고 섰다. 마틸드는 더욱 소리 내어 울기 시작했다. 옷자락에 장식한 하얀 꽃이 따라서 흐느끼는 듯했다.

어머니가 가시투성이 회초리를 홍당무에게 내리치려는 순간, 홍당무는 팔짱을 낀 채 파랗게 질려 있었다. 매를 맞지도 않았는데 벌써 허리가 화끈거리고 종아리는 얼얼했다.

홍당무는 어머니를 향해 당당하게 외쳤다.

"큰일 날 일이라도 되나요? 별것 아닌 장난을 가지고요!"

레미와 올챙이

홍당무는 안뜰에서 혼자 놀고 있었다. 르픽 부인이 부엌일을 하면서 창문으로 홍당무를 감시하고 있었기 때문에 얌전하게 놀고 있었다.

그때 친구 레미가 소쿠리를 들고 나타났다. 레미는 홍당무와 같은 또래였는데, 한쪽 다리를 약간 절었다. 그래도 레미는 언제나 뛰어다니며 놀기를 원했다.

"홍당무야, 우리 아버지가 강에 그물을 치고 계셔. 우리 함께 가서 도와드리지 않을래? 우리는 이 소쿠리로 올챙이를 잡으면 될 거야."

홍당무는 난처해하다 레미에게 말했다.

"레미야, 나 대신 우리 엄마한테 말해 줄래?"

"네가 말하면 안 되니?"

"내가 말하면 허락해 주시지 않을 거야."

마침 그때, 어머니가 창가에 모습을 나타냈다.

"올챙이를 잡으러 가는데 홍당무와 함께 가도 될까요?"

못 들었는지 어머니는 유리창 가까이에 귀를 갖다 대었다. 레미는 다시 한 번 큰 소리로 말했다.

어머니는 그제야 알아들은 모양이었다. 입을 움직여 뭐라고 말을 했지만, 두 아이에게는 아무 소리도 들리지 않았다. 서로 멀뚱히 얼굴만 바라보고 있었다. 그러자 어머니가 고개를 좌우로 흔들었다. 가면 안 된다는 뜻이 분명했다.

홍당무는 그만 맥이 빠졌다.

"안 된대. 조금 있다 내게 심부름을 시킬 일이 있나 봐."

"아주 재미있을 텐데……. 할 수 없지, 뭐."

"레미, 그러지 말고 여기서 나랑 같이 놀자."

"올챙이를 잡으러 가는 것이 훨씬 재미있을 거야. 날씨도 따뜻하잖아."

"레미, 조금만 기다려 줘. 우리 어머니는 처음에는 안 된다고 했다가 된다고 할 때도 있거든."

"그럼 15분 동안만 기다려 줄게. 더 이상은 못 기다려."

두 아이는 담 밑에 서서 양손을 호주머니에 찔러 넣은 채 현관 쪽을 바라보며 어머니의 마음이 바뀌기를 기다렸다. 그리고 얼마 지나지 않아서 홍당무가 팔꿈치로 레미를 쿡 찔렀다.

"저것 봐, 내 말이 맞지?"

문이 열리면서 홍당무의 어머니가 계단을 내려왔다.

손에는 홍당무에게 줄 소쿠리가 들려 있었다.

"아니, 레미! 아직 있었니? 간 줄 알고 있었는데……. 네 아버지한테 일러야겠구나. 공연히 빈둥대고 있다고."

"아니오, 아주머니. 홍당무가 기다려 달라고 해서……."

"뭐라고! 그게 정말이냐?"

홍당무는 아무 대답도 하지 않았다. 홍당무는 어머니에 대해서라면 꿰뚫어 볼 만큼 잘 알고 있었다.

멍청이 같은 레미가 일을 망쳐 버리고 만 것이었다. 홍당무는 발 밑의 풀을 마구 짓밟으며 고개를 돌리고 있었다.

"무슨 말도 소용없어. 나는 한번 입 밖에 낸 말을 취소한 적이 없단다. 홍당무야, 그렇잖니?"

어머니는 날카롭게 쏘아붙이고는 계단 위로 올라갔다. 모처럼 들고 나왔던 소쿠리를 도로 들고 안으로 들어가 버린 것이었다. 올챙이를 잡는 데 필요할 것이라며, 담겨 있던 호두를 다른 그릇에 옮겨 놓고 들고 나왔던 소쿠리였다.

레미는 이제 더 이상 기다릴 필요도 없다는 듯 냇가를 향해 뛰어갔다. 절름발이인데도 놀랄 만큼 재빨리 뛰었다.

레미가 간 뒤에도 홍당무는 담 밑에 혼자 서 있었다. 한참 동안이나 멍청하게 서 있을 뿐이었다.

고아

어느 날 홍당무는 새 넥타이를 매고 구두를 닦으며 외출 준비를 하고 있었다. 그때 르픽 부인이 나타나서 물었다.

"너, 어딜 가니?"

"아버지와 함께 산책 가기로 했어요."

"뭐, 산책? 가지 마. 내 말 안 들으면 어떻게 되는지 잘 알지, 응?"

어머니는 낮은 목소리로 으름장을 놓았다.

"알았어요, 어머니."

홍당무는 마지못해 대답을 한 뒤 벽시계 쪽으로 돌아서며 조그맣게 중얼거렸다.

"어떻게 하지? 아버지랑 산책 나가고 싶은데. 그렇지만 엄마한테 호되게 당하지 않는 쪽이 낫지. 아버지는 어머니처럼 종아리를 때리시지는 않으니까. 아버지한테는 미안하지만 할 수 없지."

그때, 아버지가 홍당무를 불렀다.

"다 됐니? 이제 가자, 홍당무야."

아버지는 밖으로 먼저 나서며 말했다.

"아버지, 전 안 가겠어요."

"홍당무야, 왜 그러니? 아까는 같이 간다고 하지 않았니? 나랑 같이 가고 싶지 않아진 거냐?"

"가고 싶기는 하지만……, 갈 수가 없어요."

"그게 무슨 말이냐? 왜 갑자기 갈 수 없다는 거야? 이유를 말해 보렴."

"아무 이유도 없어요. 아무튼 전 그냥 집에 있어야 할 것 같아요. 그러니까 아버지 혼자 가세요."

"뭐라고? 또 변덕이 난 거로구나. 무슨 애가 그러냐? 아무튼 알 수 없는 녀석이라니까. 금방 가고 싶다고 했다가, 또 금방 가지 않겠다고 하고. 나도 모르겠다. 네 마음대로 하려무나."

아버지는 짜증스러운 듯 말했다.

"아이고, 가여워서 어쩌나?"

어머니는 문 뒤에 숨어 있다가 고양이같이 간지러운 목소리로 중얼거렸다. 그런 다음 비위를 맞춰 주려는 듯 홍당무의 머리카락을 쓰다듬는 척하며 말했다.

"어머나, 이 녀석 눈물 글썽이는 것 좀 봐. 아버지는 싫다는 애를 억지로 끌고 가려고 하다니……. 나는 네 의견을 무시하지는 않지."

어머니는 아버지 쪽을 힐끔 쳐다보고는 밖으로 나가 버렸다.

홍당무는 다락으로 올라가 쭈그리고 앉아 있었다.

한 손가락은 입에 물고, 다른 손가락으로는 콧구멍을 쑤시면서 중얼거렸다.

"차라리 고아였으면 좋겠어!"

미신

 르픽 씨는 가끔 펠릭스와 홍당무를 번갈아 사냥에 데리고 갔다. 두 아들은 아버지의 뒤를 따라갔다. 사냥에서 잡은 것과 총을 짊어지고 오는 것은 아이들 몫이었다.

 르픽 씨는 멀리 걸어도 지치는 법이 없었다. 홍당무는 어디를 가든 아무 불평 없이 기를 쓰고 아버지의 뒤를 따라다녔다. 발에 물집이 생겨도 전혀 내색하지 않았다. 발가락이 부어도 마찬가지였다.

 언젠가 사냥터에서 르픽 씨는 토끼 한 마리를 잡았다.

 "이놈을 어떻게 할까? 가까운 농가에 맡겨 놓든지, 아니면 생울타리 속에 감춰 두었다가 저녁때 가지고 돌아갈까? 어떻게 하는 것이 좋겠니?"

그러자 홍당무가 얼른 대답했다.

"아니, 제가 메고 다니겠어요."

홍당무는 하루 종일 토끼 두 마리와 자고새 다섯 마리를 짊어지고 다녔다. 어깨에 멘 망태기의 가죽띠 밑에 손수건을 넣어 어깨가 덜 아프게 했다. 가다가 사람들을 만나면 자랑스럽게 사냥 망태기를 보여 주었다. 그 순간만은 어깨를 쉬게 할 수 있었다. 그러나 시간이 갈수록 싫증이 나기 시작했다. 한 마리도 잡지 못할 때는 더 그랬다.

"너는 여기서 기다리고 있으렴. 밭 사이에 사냥감이 있는지 한 바퀴 돌아보고 올 테니."

홍당무는 햇볕이 쨍쨍 내리쬐는 뙤약볕 아래 서서 아버지가 밭고랑과 두둑을 마구 짓밟으면서 돌아다니는 것을 지켜 보았다. 아버지는 총대로 생울타리 덤불과 엉겅퀴 풀밭을 마구 휘저었다.

"아버지는 기다리라고 하셨지만 뒤쫓아 가야겠어. 처음이 나쁘면 끝까지 나쁜 법이야. 아버지는 하도 뛰어다녀서 땀투성이가 되어 있어. 나도 지쳤고. 기다려 보아도 소용없을 거야. 그럴 바엔 차라리 그 방법을 쓰는 수밖에 없어."

홍당무는 중얼거리면서 꼼짝도 하지 않고 그 자리에 멈춰 섰다. 홍당무는 미신을 믿는 편이었다. 예를 들면 자신이 쓰고 있는 모자 가장자리를 만지면 사냥개가 사냥감을 발견하게 된다. 또 모자를 벗으면 자고새가 날아오르거나 토끼가 불쑥 튀어나온다는 것 따위였다.

하지만 홍당무가 모자를 가지고 이마를 가리거나 경례하는 흉내를 내면 아버지는 실수를 하거나 사냥감을 맞히거나 했다. 물론 늘 백발백중 맞는다고 볼 수는 없고, 자꾸 되풀이하면 효과가 없어지는 것 같기도 했다. 그래서 홍당무는 적당한 간격을 두고 가끔 그 방법을 써먹었다.

홍당무는 먼저 가장자리를 만졌다. 그러자 사냥개가 꼬리를 번쩍 들었다. 아버지는 살금살금 기어가 총을 겨누었다.

홍당무는 제 비밀스러운 방법이 또 들어맞자 너무 기뻤다.

"쏘는 걸 봤지? 아버지 솜씨가 어떠냐?"

아버지는 아직도 따스한 체온이 남아 있는 토끼를 들어 올리면서 자랑스럽게 물었다. 아버지는 죽은 토끼의 배를 눌러 마지막 똥을 짜냈다. 홍당무는 슬그머니 웃음이 나왔다.

"왜 웃는 거니?"

"아버지가 그놈을 잡은 건 순전히 제 덕이에요."

홍당무는 주문대로 되자 흥분하여 자신의 비밀스러운 방법을 아버지에게 이야기했다.

"홍당무야! 그런 어리석은 이야기가 어디 있니? 네가 앞으로 영리한 아이라는 소리를 듣고 싶거든 그런 터무니없는 소리는 입밖에도 내지 말아라! 웃음거리가 될 뿐이니까."

"저도 백 퍼센트 맞는다고 생각하진 않아요. 하지만……."

"그만 입 다물어라! 경고해 두겠는데 다른 사람에게는 절대로 그런 엉터리 같은 이야기는 하지 마라."

아버지는 어이가 없다는 듯한 얼굴로 홍당무에게 말했다.

"아버지 말씀을 듣고 보니 역시 아버지 말씀이 옳아요. 죄송해요. 전 아직 어린애고, 철이 들려면 멀었나 봐요."

홍당무는 금세 풀이 죽어서 용서를 빌었다.

파리

사냥은 계속되었다. 홍당무는 자신이 바보 같다는 생각이 들어 견딜 수가 없었다. 어깨가 움츠러든 것은 후회한다는 표시였다. 홍당무는 곧 기운을 내어 아버지의 발자국을 따라갔다. 아버지가 왼발을 디딘 곳에 홍당무도 왼발을 디뎠다.

그런데 갑자기 아버지의 걸음걸이가 빨라지는 바람에 마치 도깨비에게라도 쫓기고 있는 듯했다. 쉬는 시간은, 갈증에 시달리는 목에 생기를 넣어 주는 칡뿌리를 캘 때뿐이었다. 칡뿌리 말고 오디나 야생 복숭아가 있긴 하지만, 지나치게 많이 먹으면 입이 텁텁하고 입술에 파란 물이 들었다.

사냥 망태기 속에는 브랜디 한 병이 들어 있었다. 홍당무는 그것을 꺼내 혼자 마셔 버렸다. 아버지는 사냥에 골몰해 있어 술 따위는 잊고 있었다.

"아버지, 목마르지 않으세요?"

아버지께 권했지만 번번이 괜찮다고 대답했다. 마침내 홍당무는 아버지에게 권하려던 마지막 남은 한 모금까지 다 마셔 버리고 말았다. 머리가 어질어질했다.

몇 걸음 걷지 않았을 때였다. 홍당무는 걸음을 멈추고 귓속에 새끼손가락을 넣었다. 다시 손가락을 빼고 귀를 기울이는 시늉을 하면서 아버지에게 큰 소리로 외쳤다.

"아버지! 잠깐만 저 좀 보세요! 제 귓속에 파리가 들어간 것 같아요."

"꺼내면 되잖니?"

"너무 깊숙이 들어가 새끼손가락이 닿지 않아요. 귓속이 윙 윙 울려서 못 견디겠어요."

"그냥 내버려 두면 저절로 죽을 거다."

"하지만 아버지, 파리가 귓속에 알을 낳으면 어떻게 하죠? 혹시 집이라도 짓게 되면……?"

"그럼 큰일이지. 손수건 끝을 돌돌 말아 귓속에 넣어 보렴."

그때 홍당무에게 그럴듯한 생각이 떠올랐다.

"아버지, 브랜디를 귓속에 조금 넣어서 파리를 빠져 죽게 할 까요? 좋은 방법이지요?"

"좋을 대로 하렴. 알을 낳기 전에 서둘러야 한다!"

아버지는 돌아다보지도 않고 소리쳤다.

홍당무는 재빨리 브랜디 병을 꺼내 귀 가까이 대고서 브랜디 를 흘려 넣는 시늉을 했다. 그런 다음 큰 소리로 외쳤다.

"아버지, 윙윙대는 소리가 사라졌어요! 파리가 브랜디를 다 마셔 버렸어요."

낚싯바늘

어느 날, 홍당무는 우물가에서 방금 잡아온 물고기의 비늘을 긁어 내고 있었다. 모래무지와 붕어, 그리고 농어 새끼도 있었다. 홍당무는 주머니칼로 물고기의 비늘을 말끔히 긁어 낸 다음 배를 가르고, 두 개의 자루가 맞붙은 것 같은 부레를 꺼내 발뒤꿈치로 밟아 터뜨렸다. 그리고 고양이에게 줄 내장은 한곳에 모아 두었다.

눈코 뜰 새 없이 바쁘다는 것은 이런 것을 두고 하는 말 같았다. 홍당무는 거품이 일어 허옇게 된 물통 위에 쭈그리고 앉아 정신없이 손을 놀리고 있었다. 그러면서도 옷이 젖지 않도록 신경을 썼다.

그때, 르픽 부인이 우물가로 다가왔다.

"어머나, 큰 물고기를 제법 많이 잡아왔구나. 이제 홍당무의 솜씨도 여간 아닌걸. 너도 마음만 먹으면 뭐든지 잘할 수 있다니까!"

어머니는 대견하다는 듯이 홍당무의 등을 두드려 주었다. 그런데 홍당무의 등에서 손을 떼는 순간, 르픽 부인은 갑자기 찢어지는 듯한 비명을 질렀다. 손가락 끝에 낚싯바늘이 걸린 것이었다.

비명 소리를 들은 에르네스틴이 부리나케 달려나오고, 펠릭스도 뛰어나왔다. 뒤이어 아버지도 달려왔다.

"무슨 일이에요, 어머니?"

모두들 르픽 부인 곁으로 다가왔다. 그러자 르픽 부인은 찔린 손가락을 치마에 싸서 무릎 사이에 꼭 끼우고 있었다. 그때문에 낚싯바늘은 더 깊이 들어가고 말았다.

아버지는 펠릭스와 에르네스틴에게 어머니의 어깨를 잡고 있게 하고 부인의 팔을 잡고 공중으로 들어 올렸다. 마침내 어머니의 손가락이 모두의 눈앞에 나타났다. 낚싯바늘이 손가락에 깊숙이 꽂혀 있었다. 아버지는 서둘러서 그것을 빼내려고 했다.

"아아, 안 돼요! 억지로 빼내려고 하지 말아요!"

어머니는 눈을 크게 뜨고 날카롭게 소리쳤다. 낚싯바늘은 물고기가 물렸을 때 쉽게 빠지지 않도록 하기 위해서 안쪽으로 구부러져 있었다. 아버지는 진땀을 흘리면서 돋보기를 꺼내 썼다.

"아무래도 안 되겠어. 바늘을 부러뜨려야겠어."

하지만 바늘을 부러뜨릴 방법이 없었다. 일이 이쯤 되자 아버지도 어쩔 줄 몰라 쩔쩔맸다.

르픽 부인은 바늘이 꽂힌 손가락을 조금만 건드려도 소리를 지르며 펄쩍펄쩍 뛰었다. 누가 들으면 심장이라도 떼어 내는 줄 알 정도였다.

"살을 찢고 꺼내는 수밖에 없겠다."

아버지는 안경을 고쳐 쓰고는 주머니에서 칼을 꺼냈다.

"아이고, 아파 죽겠어요!"

르픽 부인이 숨이 끊어질 듯이 소리를 지르며 울부짖어 식구들은 모두 벌벌 떨었다.

"아버지, 빨리 좀 하세요!"

에르네스틴이 겁에 질린 얼굴로 외쳤다.

"어머니, 기운을 내세요! 힘을 잃으시면 안 돼요!"

펠릭스도 어머니를 격려했다.

아버지도 무딘 칼날로 손가락을 마구 베기 시작했다. 그러나 너무 살살 했기 때문에 칼날이 살을 파고들지 못했다. 아버지는 진땀을 뻘뻘 흘렸다.

"아이구, 죽겠네! 아야, 아야……."

어머니는 악을 써댔다.

점점 짜증이 난 르픽 씨는 화를 내면서 칼날로 손가락을 마구 베었다. 아버지는 새파랗게 질리긴 했지만 살점을 도려냈다. 손가락은 이미 피투성이가 되어 있었다.

마침내 낚싯바늘이 아래로 툭 떨어졌다.

"휴, 간신히 됐군!"

아버지는 이마의 땀을 닦으면서 한숨을 쉬었다.

홍당무는 이미 그 자리에 없었다. 어머니가 처음 소리를 질렀을 때 어디론가 달아나 버렸다.

홍당무는 계단 밑에 웅크리고 앉아서 어쩌다 이런 일이 일어났는지 이 뜻밖의 사건에 대해 곰곰이 생각하고 있었다. 틀림없이 낚시를 멀리 던졌을 때 홍당무의 등에 걸려 그대로 꽂혀 있었던 것 같았다.

"그때 물고기는 걸리지 않고 낚싯바늘만 없어지고 만 것이 수상했어."

홍당무도 어머니의 비명 소리를 다 들었다. 그런데 이상한 것은 조금도 슬픈 마음이 생기지 않는다는 점이었다.

마을 사람들이 무슨 일인가 하고 달려왔다.

"홍당무야, 도대체 무슨 일이니?"

홍당무는 아무 대꾸도 하지 않았다. 귀를 틀어막고 벌겋게 된 얼굴로 고개를 숙인 채 있었다. 사람들은 계단 밑에 서서 수군거렸다.

그리고 얼마나 지났을까? 마침내 르픽 부인이 모습을 나타냈다. 얼굴에는 핏기가 하나도 없이 창백했지만, 커다란 위험을 이겨 냈다는 자랑스러움을 감추지 못하고 있었다.

어머니는 붕대를 칭칭 감은 손가락을 사람들 앞에 내보였다. 그리고 아픔을 꾹 참으며 사람들에게 미소를 보냈다.

마을 사람들은 르픽 부인과 홍당무를 번갈아 쳐다보았다. 르픽 부인은 마을 사람들에게 짧게 말한 다음, 홍당무에게 다정하게 말을 건넸다.

"엄마는 많이 아프지만 너를 원망하진 않는다. 네 잘못이 아니잖니?"

어머니가 홍당무에게 이렇게 부드럽게 말을 건넨 적은 한 번도 없었다. 홍당무는 숙이고 있던 얼굴을 들었다.

붕대를 칭칭 감은 어머니의 손가락이 눈에 띄었다. 그것은 가난한 아이들의 헝겊 인형 같았다. 순간, 홍당무의 눈에 눈물이 핑 돌았다.

르픽 부인이 허리를 굽혔다. 홍당무는 자기도 모르게 팔꿈치를 들어 얼굴을 가렸다. 몸을 지키려는 자세가 몸에 배어서였다.

그러자 어머니는 여러 사람들 앞에서 홍당무를 끌어안고는 키스를 했다. 홍당무는 무슨 영문인지 몰라 닭똥 같은 굵은 눈물을 흘리며 펑펑 울었다.

"울지 마, 홍당무야. 이젠 괜찮아. 엄마가 용서해 준다고 말하지 않았니?"

홍당무는 더 크게 흐느껴 울었다.

"그만 울라니까 그러는구나. 남이 들으면 내가 목이라도 비트는 줄 알겠다."

르픽 부인은 더욱 상냥하게 홍당무를 달래 주었다.

그 모습을 보고 마을 사람들의 관심은 곧 낚싯바늘로 쏠렸다. 마을 사람들은 신기한 물건이라도 보듯 낚싯바늘을 돌려가며 보았다. 그중에서 한 사람이 말했다.

"이건 8호 바늘이군요!"

르픽 부인의 입은 원기를 회복하자, 조금 전의 사건을 수다스럽게 늘어놓기 시작했다.

"아까는 너무 놀라고 화가 나서 애를 죽여 버리고 싶을 지경이었답니다. 내가 만일 아이를 사랑하지 않았다면 말이에요. 나는 바늘에 걸려 하늘까지 끌려 올라가는 줄 알았다니까요."

사람들은 동정 어린 표정으로 한 마디씩 말했다.

"이런 바늘은 먼 곳에 던져 버리든지 아니면 마당 한 구석에 묻어 진흙으로 덮어 두어야 할 거예요."

"이건 내가 가질 거야. 이걸로 낚시질을 하면 허벅지만 한 물고기도 낚을 수 있을 거야. 엄마도 낚은 바늘이니까."

펠릭스는 홍당무의 등을 툭툭 두드리며 말했다.

홍당무는 어리둥절할 뿐이었다. 호되게 꾸지람을 들을 것이라고 각오했는데, 너무 어이없이 끝나 버렸기 때문이었다. 하지만 홍당무는 어머니의 변덕을 잘 알고 있으므로 깊이 반성하고 있다는 표시로 쉰 목소리를 내며 계속해서 울었다.

잃어버린 은화

어느 날 르픽 부인이 홍당무에게 뭐 잃어버린 것이 없는지
물었다.

"잃어버린 거 없는데요, 어머니."

"찾아보지도 않고 어떻게 그런 말이 나오니? 주머니를 한번
뒤져 보렴."

홍당무는 어머니 말대로 주머니를 뒤져 보았다. 그런 다음
당나귀 귀처럼 늘어진 주머니 안감을 보이면서 말했다.

"아아, 그렇구나! 돌려주세요, 어머니."

"뭘 돌려 달라는 거냐? 잃어버린 게 없다면서."

"글쎄, 뭔지는 모르지만 잃어버린 게 있는 것 같아요."

"뭐라고! 바보 같으니! 또 거짓말을 하려는 거니? 혼 빠진 붕어 새끼처럼 어기적거리고 있는 걸 보니 뭔가 잃어버리기는 했구나. 혹시 팽이가 아니냐?"

"내 정신 좀 봐. 맞았어요! 팽이예요."

홍당무의 대답을 듣자, 르픽 부인은 홍당무의 말투를 흉내 내어 말했다.

"'그게 아니고요, 어머니.' 하고 말하려는 걸 잘못 말한 것 아니냐? 팽이라면 지난주에 엄마에게 빼앗기지 않았니?"

"그럼, 주머니칼 아닌가요?"

"어떻게 생긴 주머니칼인데? 누가 준 것인지 기억 하니?"

"누가 준 거 아니에요?"

"아, 넌 정말 한심한 아이로구나. 그런 식으로 말하면 끝이 없겠다. 넌 도대체 어떻게 된 아이니? 네가 정말로 엄마를 사랑한다면 뭐든 엄마에게 털어놔야 하지 않겠니? 너, 돈 잃어버리지 않았니? 은화 말이다. 엄마는 짐작하고 있었단다. 봐, 틀림없지?"

"맞아요. 그 은화는 분명히 제 거예요. 지난 일요일에 대부 할아버지께서 주신 거예요. 그걸 잃어버려서 몹시 아깝긴 하지만, 지금은 포기하고 있었어요. 그까짓 은화 한 닢쯤 아무것도 아니지요.”

　“홍당무야, 어떻게 그런 건방진 말을 할 수 있니? 뭐가 어쩌고 어째? 넌 할아버지한테 미안하지도 않니? 너를 무척 귀여워하시지만, 이 사실을 알면 용서 못 하실 거다.”

　“하지만 어머니, 제가 돈을 마음대로 써 버렸으면 어떻게 되었겠어요? 아니면 돈을 평생 지키고 있어야 하나요?”

　“무슨 말버릇이 그러냐? 멋대로도 분수가 있지. 은화는 잃어버려서도 안 되고, 허락 없이 써 버려도 안 되는 돈이란다. 여러 말 할 것 없이 어서 가서 돈을 찾아오너라!”

　“네, 어머니!”

　“‘네’라는 대답도 앞으로는 그만 해라! 네 대답 소리를 들으면 온몸에 소름이 돋는 것 같다. 한 마디 더 해 두겠는데, 콧노래를 부르거나 휘파람, 마부 흉내 따위를 내는 일도 앞으로는 용서하지 않겠다. 엄마한테 걸리면 혼날 줄 알아라! 알겠어?”

　홍당무는 마당을 어정거리며 은화를 찾는 시늉을 했다. 가끔 코를 훌쩍 들이키며 신음 소리를 내기도 했다. 어머니가 보고 있는 듯한 기척이 느껴지면 쭈그리고 앉아서 모래를 손가락으로 뒤적거렸다.

　어머니가 다른 곳으로 눈을 돌리면 은화 찾기를 그만두고 턱을 앞으로 쑥 내민 채 어슬렁어슬렁 돌아다녔다.

'도대체 은화는 어디에 떨어져 있는 걸까? 높은 나무 꼭대기일까, 아니면 근처의 낡은 둥우리 속일까?'

홍당무는 무릎과 손톱이 닳도록 바닥을 기어다녀도 핀 하나줍지 못했다. 은화를 찾는 일에 지쳐 버린 홍당무는 마침내 단념하고 말았다. 홍당무는 어머니의 눈을 피해 집 안으로 들어갔다. 어머니의 노여움도 어느 정도 가라앉았을 것이며, 은화를 못 찾는다고 해도 그냥 봐 줄 것 같았다.

그런데 집 안 어디에도 어머니의 모습은 보이지 않았다. 홍당무는 작은 목소리로 어머니를 불렀다.

"엄마, 어디 계세요?"

대답이 들리지 않았다. 방금 전에 밖으로 나갔는지 바느질탁자의 서랍이 열려 있었다.

홍당무는 열려 있는 탁자 서랍을 살펴보았다. 털실과 바늘, 그리고 하얗고 빨간 실패 사이에서 반짝거리는 은화 몇 개가눈에 띄었다.

은화는 마치 오랜 세월을 그 안에서 보내고 있었던 것처럼얌전하게 놓여 있었다. 은화는 세 개가 네 개로 보이기도 하고, 다시 여덟 개로 보이기도 했다. 눈으로 보기만 해서는 간

단하게 헤아릴 수가 없었다. 몇 개인지 세어 보려면 서랍을 뒤
집어 털실 뭉치를 헤쳐 보지 않으면 안 되리라. 그렇게 많은
가운데서 한 개를 꺼낸다 해도 표시가 나지 않을 것 같았다.
순간적으로 그런 생각이 들었다.

　홍당무는 재빨리 은화 한 닢을 손에 쥐고는 그대로 달아났
다. 너무나 재빠르게 달려나가 도중에 멈춰 설 수가 없었다.
홍당무는 오솔길을 달려가다 적당한 장소를 발견하자, 은화를
흙 위에 떨어뜨리고는 발꿈치로 돌려 밟았다. 그런 다음 엎드

려서 그 위에 원을 그리며 놀았다.

시간이 좀 지난 뒤, 홍당무는 숨을 헐떡이며 뛰어 들어와서 소리쳤다.

"엄마, 은화를 찾았어요!"

"엄마도 하나 찾았는데."

"뭐라고요? 이것 보세요. 여기 있잖아요."

"여기도 있는데……."

"어디 좀 보여 주세요."

"네 것 먼저 보여 다오."

홍당무는 주머니에서 은화를 꺼내 보였다. 그러자 어머니도 은화를 내보였다. 홍당무는 은화 두 닢을 손바닥에 올려놓고는 어떻게 말해야 좋을지 속으로 생각했다.

"엄마는 어디서 찾으셨어요? 전 오솔길 배나무 밑에서 주웠어요. 처음에는 반짝거리고 있기에 종이 조각이나 하얀 제비꽃인 줄 알고 주울 생각을 하지 않았어요. 언젠가 미치광이 흉내를 내면서 풀밭을 마구 뒹굴었는데, 그때 호주머니에서 떨어진 것 같아요."

"글쎄, 네 말이 맞을까? 엄마는 이 은화를 네 윗도리에서 찾아냈다. 늘 말했는데도 너는 옷을 갈아입을 때 주머니 속의 물건을 꺼내지 않더구나. 엄마는 무슨 일이든 정확하게 하도록 가르치고 싶었던 거야. 그래서 네게 찾아보게 했던 거란다. 그런데 너는 갑자기 부자가 되었구나. 하지만 홍당무야, 돈이 행복을 만드는 건 아니라는 걸 잘 알아야 한단다."

"알았어요. 엄마, 이젠 놀러 가도 괜찮죠?"

"그래. 하지만 어린애 같은 장난은 하지 않는 게 좋다. 물론 이 은화는 네 거니까, 두 개 다 네가 가지렴."

"전 한 개면 돼요. 한 개는 어머니가 맡아 주세요."

"아니, 계산은 정확히 해 두는 것이 좋단다. 두 개 다 네 것이 틀림없지? 아니라면 다른 한 개의 임자는 도대체 누굴까? 혹시 짐작 가는 사람 없니?"

"나는 모르겠어요. 아무래도 전 상관없어요. 그럼 놀다 올게요. 엄마, 고맙습니다."

"잠깐만! 혹시 정원사 아저씨가 떨어뜨린 것이 아닌지 모르겠구나."

"지금 물어보고 올까요?"

"그럴 필요 없어. 아버지는 어른이니 잃어버릴 리 없고, 에르네스틴은 저금통에 넣었을 거고, 펠릭스는 손에 쥐었다 하면 깨끗이 써 버리니까 떨어뜨릴 새도 없을 테고, 그렇다면 이

건 내 것이 아닐까?"

"엄마 거라고요? 엄마는 무엇이든지 잘 두시잖아요?"

"그렇긴 하지만, 어른들도 가끔 실수할 때가 있단다. 어쨌든 조사해 보면 곧 알게 될 테니까, 걱정 말고 놀다 오렴. 그동안 나는 탁자 서랍을 살펴봐야겠다."

밖으로 달려나가려던 홍당무는 안으로 발걸음을 옮기는 어머니의 뒷모습을 바라보았다. 그리고 잠시 후 홍당무는 얼른 뛰어가서 잠자코 뺨을 내밀었다.

어머니는 오른손을 들고 곧 쓰러질 듯한 자세로 말했다.

"엄마는 벌써부터 네가 거짓말쟁이라는 걸 알고 있었다. 하지만 이렇게까지 지독한 줄은 몰랐다. 너는 거짓말의 탑을 쌓아 올리고 있구나. 넌 마침내 바늘 도둑에서 소 도둑이 되어 끝내는 엄마마저 목졸라 죽이게 될 거야!"

어머니의 말이 끝나는 것과 동시에 홍당무의 뺨에서 '찰싹' 소리가 났다.

맨 처음 반항

어느 날 르픽 부인이 홍당무에게 심부름을 시켰다.

"물방앗간 집에 가서 버터 한 파운드만 사오렴. 네가 올 때까지 밥을 먹지 않고 기다릴 테니 빨리 다녀오너라."

"전 싫어요!"

"뭐라고? 잔소리 말고 어서 갔다 와."

"싫다고요! 물방앗간 집에 가지 않겠어요."

"얘가 도대체 무슨 소리를 하는 거야. 안 가겠다고? 너 혹시 꿈을 꾸고 있는 거니?"

"글쎄, 싫다니까요."

"무슨 영문인지 알 수가 없구나. 엄마가 지금 너에게 물방앗간 집에 가서 버터 한 파운드를 사오라고 말하고 있지 않니?"

"네, 알고 있어요. 하지만 안 가겠어요."

"홍당무야, 너 어떻게 된 거 아니니? 아니, 내가 꿈을 꾸고 있는 건가? 네가 엄마 말을 듣지 않는 건 오늘이 처음이구나."

"그래요. 듣지 않겠어요. "

"뭐라고? 냉큼 다녀오지 못하겠니?"

"절대 가지 않겠어요."

"냉큼 이 접시를 들고 다녀와!"

그러나 홍당무는 꼼짝도 하지 않았다.

"대단한 혁명이로구나!"

어머니는 계단 위에서 손을 높이 들고 큰 소리로 외쳤다. 홍당무가 어머니에게 '싫어요!'라고 말한 것은 처음 있는 일이었다. 하지만 홍당무는 마당 한가운데 앉아서 마냥 심심한 듯 손가락을 주물럭거리고 있었다. 게다가 의기양양하게 얼굴을 위로 치켜들고 어머니를 똑바로 바라보고 있었다.

도대체 뭐가 뭔지 혼란스러워진 르픽 부인은 구원을 요청하듯 큰 소리로 외쳤다.

"에르네스틴! 펠릭스! 빨리 오너라! 집 안에 재미있는 일이 일어났다. 아버지도 오시라고 하렴. 아가트도 오너라! 보고 싶은 사람은 아무라도 좋으니까 모두 와 보렴!"

그래도 홍당무는 아무렇지도 않은 얼굴로 마당 한가운데 앉아 있었다. 홍당무는 속으로 제 자신이 조금도 겁을 내고 있지 않은 것에 놀랐다.

어머니가 곧바로 자기를 때리지 않은 것도 놀라웠다. 사실 너무나 뜻밖의 일이어서 르픽 부인은 미처 때릴 생각도 하지 못하고 있었던 것이다. 대신, 르픽 부인은 불꽃처럼 솟구쳐 오르는 노여움을 참느라 얼굴이 벌개져 있었다.

"내 얘기를 들어 봐요. 내가 홍당무에게 산책 삼아 물방앗간 집에 가서 버터를 얻어 오라고 부탁했어요. 다른 때와 같은 잔심부름이었지요. 그런데 홍당무가 뭐라고 대답했는지 알아요? 본인에게 한 번 물어보자고요."

짐작할 만한 일이었다. 홍당무의 굳은 얼굴빛이 그것을 말해 주고도 남았다. 마음씨 착한 에르네스틴은 홍당무 곁으로 다가가 귀에다 대고 속삭였다.

"홍당무야, 혼나기 전에 다녀오겠다고 말하렴. 너를 사랑하는 누나 얘기니까 들어. 자, 어서 다녀오겠다고 말해. 알겠니?"

펠릭스는 무대에서 벌어지는 연극이라도 보는 것처럼 팔짱

을 끼고 사태가 어떻게 돌아갈지 흥미 있는 얼굴로 지켜보고
있었다. 펠릭스는 어쩐지 동생을 격려해 주고 싶은 마음이 들
었다. 어제까지만 해도 우습게 여기고 업신여겼지만 오늘은
홍당무가 완전히 달라 보이는 것이 재미있었다.

'홍당무야, 힘을 내! 일이 점점 재미있어지는걸……'

펠릭스는 속으로 은근히 기뻐하고 있었다.

"정말 세상이 뒤집혔어! 그야말로 말세가 온 모양이야. 난

이제 모르겠어."

르픽 부인이 소리쳤다. 홍당무는 울듯한 얼굴로 아버지를 불렀다. 흥분 때문에 목소리가 갈라져 있었다.

"아버지, 만일 아버지가 물방앗간 집에 가서 버터를 얻어 오라고 말씀하신다면, 전 기꺼이 가겠어요. 아버지를 위해서라면……. 아니, 아버지만을 위해서라면 무슨 일이든지 하겠어요. 그러나 엄마를 위해서라면 절대로 가지 않겠어요!"

홍당무의 말에 아버지는 기뻐하기는커녕 난처한 표정을 지었다. 고작 버터 한 파운드 때문에 아버지의 권위를 행사하는 일 따위는 마음에 들지 않았다.

아버지는 홍당무의 말을 못 들은 척하고 잠시 주위를 서성거리다가 집 안으로 들어가 버렸다. 사건은 그렇게 간단히 끝나고 말았다.

최후의 말

르픽 부인은 기분이 언짢아 저녁 식사가 끝날 때까지도 모습을 나타내지 않았다. 나머지 식구들은 말없이 식사를 했다.

아버지는 냅킨을 접어 식탁 위에 놓고는 지나가는 말처럼 말했다.

"언덕 위로 산책하러 갈까 하는데, 누가 같이 가겠니?"

홍당무는 아버지가 자기와 가고 싶어한다는 걸 알아차렸다. 그래서 잠자코 자리에서 일어나 아버지의 뒤를 따라 나섰다. 처음 얼마 동안 두 사람은 아무 말 없이 걷기만 했다.

홍당무는 머릿속으로 아버지가 물을 말들을 짐작하면서 대답할 말을 연습했다. 마음이 조금 심란하긴 했지만 후회하지는 않았다.

"홍당무야, 대답해 보렴. 낮에는 무슨 마음을 먹고 그렇게 한 거지? 어머니를 펄쩍 뛰게 만들어 놓다니……."

"아버지, 저는 오랫동안 망설이고 있었어요. 그렇지만 오늘은 분명히 말씀드리겠어요. 솔직하게 말해서 저는 어머니가 싫어요. 견딜 수 없을 만큼요."

"어떤 점이 말이냐?"

"어머니의 모든 것이 다 싫어요. 어머니를 알게 되면서부터 다 싫어졌어요."

"참 딱한 일이구나! 어머니가 너에게 어떻게 대했는지 아버지한테 차근차근 말해 보렴."

"얘기하려면 너무 길고 많아요. 아버지는 그동안 전혀 눈치 채지 못하셨나요?"

"글쎄……. 네가 가끔 뾰로통해 있거나 토라져 있는 것을 본 적은 있지만 말이다."

"토라져 있다고 하시니까 더욱 화가 나네요. 저는 쓸데없이 남을 원망하지 않잖아요. 뾰로통해 있다가도 어느 사이엔가 마음이 가라앉고 저절로 풀리지요. 죄송해요. 제가 가끔 토라지는 건 사실이지만, 겉으로만 그럴 뿐이에요. 어떤 때에는 진

짜로 화가 나요. 제가 받은 모욕이 자꾸 생각날 때 말이에요."

"옹졸하게 생각하지 말고 잊을 건 잊어버리렴. 놀림을 당한 것쯤 가지고 화를 내다니."

"아니에요. 아버지는 아무것도 모르고 계세요. 거의 집에 안 계시니까요."

"그거야 사업 때문에 어쩔 수 없지 않니?"

홍당무는 이때다 싶어서 얼른 말했다.

"아버지는 바깥 일에 신경을 많이 쓰고 계시니까 다른 생각을 할 겨를이 없을 거예요. 지금이니까 말씀드리지만, 어머니는 저를 때리는 일 외에는 아무 낙이 없는 분 같아요. 그걸 아버지 탓이라곤 생각지 않아요. 그야 제가 아버지께 일일이 일러바친다면 아버지는 저를 지켜 주셨을 거예요. 아버지, 전에 있었던 일부터 차근차근 얘기할게요. 그러면 제 이야기가 꾸며 낸 이야기인지 사실인지 모두 알게 될 거예요. 하지만 아버지, 그 전에 아버지와 의논할 일이 있어요. 저는 어머니와 떨어져서 살고 싶어요. 아버지 생각은 어떠세요?"

"네가 어머니와 함께 사는 것은 일 년 중 방학 때뿐인데 뭘 그러니?"

"방학 동안에도 기숙사에 그대로 남아 있으면 안 될까요? 틀림없이 성적도 올라갈 거예요."

"그런 혜택은 가난한 학생들에게만 주어지는 것 아니니? 그러면 세상 사람들은 내가 너를 버렸다고 생각할 게 뻔해. 그렇게 되면 아버지는 너를 자주 볼 수 없게 될 거다."

"학교로 찾아오시면 되잖아요."

"쉬운 일 같지 않구나. 너를 만나러 다니려면 돈이 많이 들 것 아니냐?"

"아버지가 일을 다니시다가 잠깐 들르시면 돼요."

"안 돼. 아버지는 지금까지 네 형이나 누나를 너와 똑같이 생각해 왔어. 누군가를 특별히 대해 준 적은 한 번도 없어. 앞으로도 그럴 거야."

"그렇다면 저는 학교를 그만두겠어요. 기숙사에서 빼내 주세요. 돈이 너무 든다든가, 아니면 다른 이유를 붙여서 말이에요. 그렇게 해 주신다면 일자리를 찾아보겠어요."

"어떤 일자리 말이냐? 구둣방에서 먹고 자는 직공 노릇이라도 하겠다는 거냐?"

"그래도 좋고, 아무 데라도 좋아요. 전 제 힘으로 살아 보겠어요. 그렇게 되면 자유로워질 테니까요."

"홍당무야, 아버지는 너에게 구두 바닥에 못이나 박으라고 지금까지 학교에 보낸 게 아니다."

"그럼 만일 제가 자살하려고 생각했던 적이 있다면, 아버진 어떻게 생각하세요?"

"그런 못난 소린 하지도 마!"

"정말이에요, 아버지. 사실 어제도 전 목을 매고 죽어 버릴까 생각했어요."

"바보 같은 소리! 넌 지금 이렇게 살아 있잖아. 그러니까 넌 실제로는 그런 짓을 하고 싶지 않았던 거야. 그런데도 자살에

실패한 얘기를 하면서, 그게 무슨 대단한 일이라도 되는 것처럼 뽐내고 있어. 죽음의 유혹을 받은 사람이 너뿐이라고 생각하고 있는 모양인데, 그렇지 않단다. 너는 지금 이불을 네 쪽으로만 무조건 잡아당기고 있는 거야. 세상이 네 맘대로 되는 것은 아니야."

"하지만 아버지와 형, 그리고 누나는 행복해요. 어머니는 저를 구박하는 것이 낙이지요. 다음은 아버지에 대해서예요, 아버지는 늘 위엄 있게 행동하시기 때문에 식구들이 다 어려워하지요."

"홍당무야, 내가 보기엔 너도 고집스러운 사람 가운데 하나다. 네 눈에는 사람들의 마음속이 보이기라도 한다는 거냐?"

"제게 관한 일은 거의 다 잘 보여요. 그리고 제대로 알려고 노력하고 있어요."

"그렇다면 홍당무야, 행복 같은 건 깨끗이 단념하려무나! 아버지가 분명히 말해 두겠는데, 네가 지금보다 더 행복해진다는 건 절대로 있을 수 없는 일이니까. 알겠니? 결코 있을 수 없는 일이고말고!"

"아주 자신 있게 말씀하시네요."

"단념해야 해. 그리고 강해지거라. 어른이 될 때까지 말이다. 스무 살이 되면 너 혼자 자립할 수 있게 될 거다. 그때는 자유의 몸이 되는 거야. 아버지, 어머니, 형제들과 인연을 끊을 수도 있을 것이다. 그때까지는 겸손한 마음으로 살아야 한다. 하찮은 일에 기가 꺾여서는 안 돼. 신경 따위는 죽여 버리는 게 낫지. 그리고 주위를 잘 관찰하는 거야. 가장 가까이에 있는 집안 식구를 포함해서 말이다. 그렇게 하면 좋은 점도 발견하게 될 거다. 아버지는 네 생각에 따라 그렇게 될 거라고 장담할 수 있다."

"그렇기도 하겠지요. 모두들 자기 나름대로 괴로움이 있을 테니까요. 나도 내일이 되면 그런 사람들을 동정하겠어요. 하지만 오늘은 저를 위해 옳은 길을 택하겠어요. 제겐 어머니가 한 분 계신데, 그 어머니는 나를 사랑하지 않고, 나도 어머니를 조금도 사랑하지 않아요."

"그럼, 홍당무야. 나라고 네 어머니를 사랑하는 것 같으냐?"

홍당무는 놀라서 저도 모르게 아버지를 멍하니 바라보았다. 괴로운 표정을 짓고 있는 아버지의 얼굴에 난 수염이 오늘따라 더욱 텁수룩해 보였다.

르픽 씨는 지나친 말을 한 것이 부끄러운 듯 입을 꼭 다물고 있었다. 깊게 주름살이 진 이마와 눈언저리의 잔주름과 그리고 피로에 지친 눈꺼풀……. 아버지의 모습은 마치 졸면서 걷고 있는 듯이 보였다.

홍당무는 잠깐 동안 아무 말도 할 수 없었다. 아무도 모르는 은밀한 이 기쁨, 그리고 온 힘을 다해 꼭 잡고 있는 아버지의 손, 갑자기 만나게 된 희열과 희망이 어디론가 날아가 버릴 것 같아 두려웠다.

잠시 후, 홍당무는 어둠 저편에서 희미하게 어른거리는 마을을 향해 주먹을 불끈 쥐고 목청을 높여 큰 소리로 외쳤다.

"야, 이 지독한 심술쟁이 여자야! 당신은 나쁜 여자야! 난 이 세상에서 누구보다도 당신이 싫어! 아주 싫다고!"

"이 녀석아! 그게 무슨 소리냐? 그래도 네 엄만데."

"알고 있어요, 아버지."

홍당무는 불끈 쥐고 있던 주먹을 내렸다.

"꼭 엄마한테 한 말은 아니었어요."

어느새 홍당무는 단순하면서도 조심스러운 소년으로 돌아가 있었다. 🌸

● 이해 능력 Level Up!

1. 홍당무가 날마다 닭장 문을 닫게 된 까닭은 무엇인가요?

   1) 홍당무 자신이 원해서　　　2) 문을 닫을 만한 사람이 없어서
   3) 어머니가 시켜서　　　　　4) 아버지가 시켜서
   5) 형과 누나가 시켜서

2. 아래 글을 읽고 홍당무는 어떤 이유로 멜론을 싫어하는 아이가
   되었는지 골라 보세요.

   > "홍당무야, 넌 멜론 싫어하지? 넌 나를 닮아서 멜론을 좋아하지
   > 않잖니."
   > 　어머니가 식구들에게 멜론을 나누어 주면서 말했다.
   > 　'그래요. 전 멜론을 싫어하는지도 모르죠.'
   > 　홍당무가 좋아하는 것과 싫어하는 것은 대개 어머니에 의해서 정
   > 해졌다. 아무리 자기가 좋아하는 것도, 어머니가 싫어하는 것이라
   > 고 말하면 싫다고 해야 했다.

   1) 원래부터 싫어했다.
   2) 어머니가 좋아하지 않을 거라고 말했다.

3) 모자라기 때문에 양보하기 위해서였다.

4) 형하고 말다툼하다 그렇게 되었다.

5) 누나에게 양보하기 위해서였다.

3. 오노린은 홍당무를 어떤 아이로 생각했나요?

1) 버릇없는 아이

2) 게으르고 더러운 아이

3) 어머니에게 구박만 받는 가엾고 딱한 아이

4) 깨끗하고 사랑스러운 아이

5) 공부를 잘하는 아이

4. 홍당무가 전날 밤 아무리 찾아도 없던 요강이 어떻게 침대 밑에 있게 된 걸까요? 아래 글을 읽고 답해 보세요.

> 어머니는 밖으로 나가더니 흰 요강을 뒤에 감춰 들고 들어와서는, 홍당무가 눈치채지 못하도록 재빨리 침대 밑으로 밀어 넣었다. 그리고 어쩔 줄 모르고 우두커니 서 있는 홍당무를 밀어붙인 다음, 집안 사람들을 불러 놓고 큰 소리로 야단을 쳤다.

1) 홍당무가 너무 급해서 찾지 못한 것이다.

2) 어머니가 아침에 몰래 갖다 놓았다.

3) 형이 감췄다가 갖다 놓았다.

4) 사실은 요강이 두 개였다.

5) 누나가 몰래 갖다 놓았다.

5. 아버지가 홍당무를 위해 사온 선물은 결국 어떻게 되었나요?

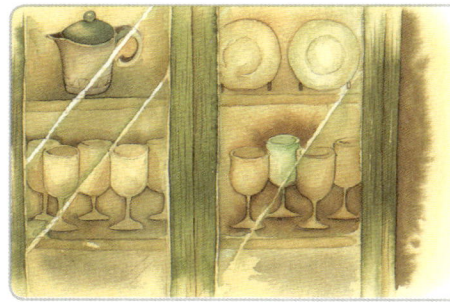

어머니는 나팔을 높은 벽장 위에 올려놓았다. 홍당무에게는 보이지도 않고, 손에 닿지도 않는 곳이었다. 나팔은 먼지가 수북이 쌓여 있는 곳에 누워 있게 된 것이다.

    1) 형이 차지했다.
    2) 아버지가 쓰레기통에 버렸다.
    3) 누나가 제 친구에게 선물로 주었다.
    4) 어머니가 높은 벽장 위에 올려 두었다.
    5) 오노린 할머니가 숨겨 두었다.

6. 형은 어떤 이유로 엽총을 홍당무가 메도록 했나요?

    1) 홍당무가 형보다 훨씬 기운이 세기 때문에
    2) 무거운 엽총을 메고 다니는 일이 힘들어서
    3) 제가 메는 것보다 홍당무가 메는 것이 훨씬 멋지게 보여서
    4) 엽총 손잡이가 부러져서
    5) 사냥하는 것이 싫어서

7. 홍당무는 왜 아가트에게 자신을 도련님이라고 부르지 말라고 했을까요?

    1) 여자 친구가 없어 멋진 남자아이로 보이려고

2) 늘 홍당무라고 불리다 도련님이라고 불리는 것이 어색해서

3) 어머니에게 꾸중을 들을까 봐

4) 도련님이란 말이 우스워서

5) 형과 누나가 놀릴까 봐

8. 다음 글을 읽고 펠릭스와 에르네스틴은 홍당무가 부모님께 드린 편지를 보고 나서 어떻게 했는지 알맞은 답을 고르세요.

펠릭스와 에르네스틴은 편지를 번갈아 읽어 보고는 맞춤법이 틀린 글자를 집어 내기 시작했다. 어디쯤에서 촉 끝이 망가진 펜을 바꾸어 썼는지, 틀린 글씨는 어떤 건지 키득키득 웃어 대며 흉을 보았다.

1) 데굴데굴 구르며 웃었다.

2) 편지를 쓴 종이에 대해 말했다.

3) 베껴 쓴 것이 아닌지 의심했다.

4) 맞춤법이 틀렸다며 흉을 보았다.

5) 잘 썼다고 칭찬했다.

9. 홍당무가 아가트를 구하기 위해 강아지 피람을 죽이자, 어머니는 홍당무에게 벌로 무엇을 먹게 했나요?

1) 요리하지 않은 생선　　　　　2) 생닭

3) 오래 되어 상한 고깃국   4) 썩은 감자
5) 맛있는 과자

10. 어머니는 설날 선물로 누나와 형에게 각각 무엇을 주었나요?
  아래 글을 잘 읽고 맞는 답을 찾아보세요.

> 다음에는 새해 선물을 받을 차례였다. 에르네스틴은 자기 키만
> 한, 어쩌면 더 클지도 모르는 커다랗고 멋진 인형을 선물로 받았
> 다. 펠릭스는 상자에 든, 납으로 만든 군인들을 받았는데, 그것은
> 막 싸우려는 태세를 갖추고 있었다.

1) 예쁜 드레스와 장난감 총
2) 키만 한 인형과 장난감 병정 한 상자
3) 맛있는 케이크와 장기판
4) 예쁜 머리 장식과 새 구두
5) 연필과 공책

11. 대부 할아버지는 벌레 먹은 자두를 어떻게 아무렇지도 않게 먹
  을 수 있는 걸까요?

1) 벌레가 몸에 좋다는 것을 알고 있다.
2) 홍당무를 놀리느라 거짓으로 말한 것이다.
3) 벌레 먹은 자두가 맛있어서
4) 타고난 취미가 그렇다.
5) 홍당무에게도 먹이려고

12. 다음 글을 읽고 홍당무가 처음으로 말을 듣지 않은 심부름의 내용은 무엇인지 찾아보세요.

> 어느 날 르픽 부인이 홍당무에게 심부름을 시켰다.
> "물방앗간 집에 가서 버터 한 파운드만 사오렴. 네가 올 때까지 밥을 먹지 않고 기다릴 테니 빨리 다녀오너라."
> "전 싫어요!"
> "뭐라고? 잔소리 말고 어서 갔다 와."
> "싫다고요! 물방앗간 집에 가지 않겠어요."

1) 어머니가 물방앗간에 가서 버터를 사오라고 한 것
2) 형이 수영복을 가져오라며 심부름시킨 것
3) 몸에 진드기가 우글거려 물에 씻으라고 한 것
4) 아버지가 피우실 담배를 사오라고 한 것
5) 닭장 문을 닫고 오라고 한 것

13. 홍당무가 아버지에게 보낸 편지 중에, 아버지가 몇 번이나 되풀이해서 읽어도 이해되지 않았던 글은 무엇인가요?

1) 농담   2) 시
3) 소설   4) 다른 사람에게 보내는 편지
5) 수필

14. 지리 선생님이 앉으라고 권하지 않았다며 홍당무가 아버지께 불평하는 편지를 보내자, 아버지는 뭐라고 했나요?

1) "네 다리는 무쇠 다리잖니?"

2) "그런 작은 일을 가지고 불평을 하다니……."

3) "네가 너무 작아 선생님은 이미 의자에 앉은 것으로 착각했을
   것이다."

4) "네가 앉을 만한 의자가 없었던 모양이다."

5) "어른 앞에서는 서 있는 거란다."

● **논리 능력 Level Up!**

1. 새해 아침, 홍당무는 새해 인사를 하는 대신 부모님께 편지를
   썼습니다. 여러분도 부모님께 편지를 써 보세요.

2. 오노린 할머니의 냄비를 가지고 간 것은 홍당무였습니다. 다음 글
  을 읽고 홍당무가 냄비를 가져간 이유를 말해 보세요.

"뭐라고요? 누구한테 화가 난다는 말인
가요? 할머니는 냄비가 없어진 것이 화가
나서 바가지에 든 물을 장작불에 퍼부은
거예요. 그러고도 자신이 잘못한 일을 가
지고 남에게 뒤집어씌우려 하는군요."
  르픽 부인의 말에 당황한 오노린은 대답
할 말을 찾지 못해 입을 다물고 말았다.
  이 일은 홍당무의 탓이었다. 집에 조금
이라도 도움이 되려고 기회를 노리던 홍
당무가 물 끓이는 장작을 아끼려고 냄비를
치웠던 것이다.

_____

_____

_____

3. 어머니는 새해 선물로 홍당무에게 어떤 선물을 주었나요?

_____

_____

_____

_____

4. 대부 할아버지는 홍당무를 어떻게 대하나요?

_____

5. 다음 글을 읽고, 펠릭스와 홍당무가 곡괭이를 가지고 땅을 파다
   홍당무가 머리를 다쳤을 때 어머니가 한 일을 적어 보세요.

> 홍당무는 손으로 얼굴을 가리면서 옆으로 쓰러졌다. 손가락 사이로 새
> 빨간 피가 주르르 흘러내렸다. 이어서 펠릭스도 그 자리에 쓰러지고 말
> 았다. 피를 보고 놀란 펠릭스가 기절을 한 것이었다.

_____

_____

6. 아빠와 함께 산책을 나가려던 홍당무가 갑자기 가지 않겠다고 말
   한 까닭은 무엇인가요?

_____

_____

_____

7. 홍당무에게, 잃어버린 은화를 찾게 해 놓고 은화가 들어 있는 서
   랍을 열어 놓은 어머니의 속셈은 무엇인가요?

_____

_____

_____

_____

8. 홍당무가 학교에 오신 아버지께 입맞춤을 하려 하자, 아버지는 자
   꾸 피했습니다. 아래 글을 읽고 이유를 적어 보세요.

> "아이고, 이 녀석아! 넌 귀에 꽂은 펜으로 기어이 아버지 눈에 구멍을
> 내겠다는 거냐? 키스할 때만이라도 다른 곳에 넣어 두면 어떠냐? 아버
> 지를 좀 봐, 파이프도 물지 않고 있잖니!"
> "아이쿠, 깜박 잊었어요. 전에도 누구한테 주의를 받은 적이 있어요.
> 그렇지만 이 펜이 내 귀에 꼭 맞기 때문에 그대로 두었지요. 아무튼 아
> 버지, 난 정말 기뻐요. −이하 생략− "

_____

_____

_____

_____

● **논술 능력 Level Up!**

1. 홍당무의 어머니 르픽 부인은 삼남매 중 유독 홍당무를 미워하고 괴롭힙니다. 그 이유는 무엇이며, 자식을 차별하는 것에 대해 어떻게 생각하는지 써 보세요.

_____

_____

_____

_____

_____

_____

2. 홍당무를 괴롭히는 것은 어머니뿐만 아니라 가족 모두 그렇습니다. 이들의 성격을 정리해 보고, 만일 내가 이 가족 중 한 사람이라면 어떻게 할 것인지 생각해 봅시다.

_____

_____

3. 다음은 홍당무가 새로 온 하녀 아가트에게 자기 가족에 대해 이야기하는 부분입니다. 글을 읽고, 홍당무가 왜 그렇게 말하는지, 자신이라면 어떻게 할 것인지 써 보세요.

이웃 사람들에게 물어보면 분명히 이렇게들 말할 거야. '에르네스틴은 천사 같고, 펠릭스는 고상하고, 주인 양반은 말씀하시는 거나 행동하는 게 틀림없지. 부인이야말로 세상에 둘도 없는 요리의 천재시지.' 하고 말이야. 아가트, 네가 보기에 우리 가족 중에서 누가 제일 문제일 거라고 생각해? 아마 나라고 생각하겠지.

4. 아래 글은 홍당무가 아버지 르픽 씨와 주고받은 편지들 중 일부분입니다. 편지를 읽고 느낀 점을 써 보세요. 그리고 편지가 어떤 장점을 가지고 있는지 생각해 보고, 여러분도 누군가와 편지를 주고받은 경험이 있다면, 그때 무엇을 느꼈는지 글로 써 보세요.

| 홍당무가 아버지께 |
아버지! 제 말을 들어 보세요.
어제는 라틴어를 가르쳐 주시는
자크 선생님의 생신이었습니다.
저는 만장일치로 우리 반 대표로 선생님께
축사를 올리게 되었습니다. 저는 밤을
꼬박 새워 군데군데 라틴어가 섞인 긴
축하의 글을 썼습니다. 제가 쓰긴
했어도 꽤 잘된 글이었습니다.
드디어 라틴어 시간이 되었습니다.
─이하 생략─

5. 홍당무는 처음으로 어머니의 심부름을 거절하는 것으로 반항을
   합니다. 그리고 아버지에게 집에서 나가게 해 달라고 말합니다.
   늘 당하기만 하던 홍당무가 왜 그랬을까요? 아버지와 나눈 얘기
   를 통해 홍당무가 깨달은 것은 무엇인가요?

6. 이 글의 주제를 살펴보고, 주인공 홍당무의 말과 행동에서 느낀
   점은 무엇인지, 그리고 홍당무에게 하고 싶은 말을 글토 써 보세요.

풀이

이해 능력 Level Up!

1. 3)	2. 2)	3. 3)	4. 2)	5. 4)
6. 2)	7. 2)	8. 4)	9. 2)	10. 2)
11. 3)	12. 1)	13. 2)	14. 3)	

논리 능력 Level Up!

1. 예시 : 올해부터는 게임도 조금만 하고 공부 열심히 할게요.

2. 가족의 한 사람으로, 장작을 아끼려고 물이 끓는 냄비를 치웠다.

3. 파이프 모양의 사탕 과자

4. 가족, 특히 어머니의 사랑을 충분히 받지 못하는 것을 가여워하며, 마음으로부터 우러나오는 따뜻한 사랑으로 대한다.

5. 머리를 다친 홍당무는 거들떠보지도 않고, 피를 보고 기절한 펠릭스만 돌보아 주었다.

6. 아버지 몰래 엄마가 가지 못하게 말려 갈 수 없었다.

7. 은화를 찾지 못할 게 뻔한 홍당무로 하여금 훔쳐 가도록 유도한 것이다. 그러고는 그걸 빌미로 거짓말쟁이라며 혼내려고 했다.

8. 홍당무 귀 뒤에 꽂혀 있는 펜에 찔릴 것이 염려되어서였다.

논술 능력 Level Up!

1. 예시 : 우리의 주인공은 '홍당무'라는 별명처럼 붉은 머리카락에 주근깨투성이의 소년입니다. 하지만 그 때문에 미움을 받고 괴롭힘을 당한다는 것은 말도 안 됩니다. 더구나 자기 자식의 외모를 가지고 그렇게 구박할 수 있는 건가요? 사랑을 받지 못하고 야단만 맞는 홍당무가 불쌍합니다. 친어머니가 자식을 차별하다니요, 아무리 생각해도 이해가 안 됩니다.

2. 예시 : 아버지 르픽 씨는 사업 때문에 밖으로만 돌면서 자식들의 일에는 거의 관심이 없으며 무뚝뚝하고, 형 펠릭스와 누나 에르네스틴은 동생을 보살펴 주기는커녕 비열하고 이기적이며 동생에게 힘든 일을 시키고 오히려 큰소리를 치는 사람들입니다. 하지만 홍당무는 절망하지 않고 아무렇지도 않은 것처럼 행동합니다. 내가 만약 이런 집에서 살고 있다면, 가정 문제를 상담해 주는 기관을 알아본 뒤 전문 상담가들에게 도움을 요청할 것입니다.

3. 예시 : 홍당무는 새로 온 아가트에게 이렇게 가족 소개를 합니다. "이웃 사람들에게 물어보면 분명히 이렇게들 말할 거야. '에르네스틴은 천사 같고, 펠릭스는 고상하고, 주인 양반은 말씀하시는 거나 행동하는 게 틀림없지. 부인이야말로 세상에 둘도 없는 요리의 천재시지.' 하고 말이야. 아가트, 네가 보기에 우리 가족 중에서 누가 제일 문제일 거라고 생각해? 아마 나라고 생각하겠지." 이렇게 말하지만, 홍당무의 진심이 아닙니다. 나라면 가족으로부터 관심을 받기는커녕 따돌림당하는 실제 상황을 털어놓고 도움을 청하고 싶습니다.

4. 예시 : 홍당무가 생 마르크 기숙 학교에 있을 때 아버지와 주고받은 편지에는 각자 일상 생활에서 일어난 일들을 자세히 알리고 또 그에 대한 생각과 의견들이 솔직하게 담겨 있습니다. 자식들에게 무관심하고 무뚝뚝하기만 하던 아버지가 사실은 사랑이 깊은 분임을 알 수 있습니다. 편지는 직접 만날 수 없거나, 말로 하기 어려운 이야기를 써서 자신의 마음과 생각을 전달하는 데 좋은 수단입니다. 가족이나 선생님, 친구들, 그리고 잘 모르는 사람과도 편지를 통해 사랑과 우정, 그리고 이해를 쌓아 나가는 데 크게 도움이 됩니다. 나는 요즘 엄마와 하고 싶은 말을 편지로 주고받고 있습니다. 엄마가 맞벌이를 하셔서 늦게 집에 오실 때도 있어서 대화할 시간이 부족하거든요. 그래서 아침마다 식탁에 엄마에게 보내는 편지를 써서 나의 고민이나 엄마에게 바라는 점들을 남겨 놓는답니다. 그러면 엄마도 하시고 싶은 말씀을 편지로 써서 남겨 놓으시지요. 그러다 보니 서로 갈등도 없어지고 더 사이도 좋아진 것 같습니다.

5. 예시 : 물방앗간 집에 가서 버터를 사오라는 심부름을 거절함으로써 홍당무는 어머니에게 처음으로 반항을 합니다. 르픽 부인은 상상도 하지 못했던 홍당무의 태도에 깜짝 놀라지요. 그리고 홍당무는 아버지에게, 어머니와 다시는 함께 살고 싶지 않다며 자립하겠다고 선언합니다. 그때 아버지가 자신도 어머니를 사랑하지 않지만 그냥 살고 있다며 속마음을 털어놓습니다. 이 말을 들은 홍당무는 자신과 같은 은밀한 비밀을 간직하고 있는 아버지에게 기쁨과 희망을 느끼게 됩니다. 자신을 이해해 주는 사람이 있다는 것은 그만큼 큰 위로와 힘이 되는 것이랍니다.

6. 예시 : 홍당무의 아무렇지도 않은 얼굴 속에 숨겨진 슬픔과 절
   망을 생각하면 마음이 아픕니다. 하지만 홍당무는 끝내 밝고 순
   진한 마음을 잃지 않고 꿋꿋하게 살아갑니다. 홍당무의 참을성
   과 이해심은 어른들도 배워야 할 점입니다. 홍당무야, 안녕! 난
   엄마에게 학대 받으면서도 밝게 자라는 네가 자랑스러워. 나도
   공부 못 한다고 엄마에게 꾸중을 자주 듣는단다. 그래도 난 기
   죽지 않고 씩씩하게 자랄 거야. 너처럼 말이야. 속상한 일 있을
   때마다 너에게 또 편지할게. 잘 지내렴.

초등학생이 꼭 읽어야 할 세계 명작 시리즈

01 어린 왕자 생텍쥐페리 글·그림	30 안네의 일기 안네 프랑크 지음	59 천로역정 존 버니언 지음
02 키다리 아저씨 진 웹스터 지음	31 마지막 수업 알퐁스 도데 지음	60 폼페이 최후의 날 에드워드 조지 불워 리턴 지음
03 문제아에서 천재가 된 딥스 액슬린 지음	32 노트르담의 꼽추 빅토르 위고 지음	61 피노키오 카를로 콜로디 지음
04 그리스 로마 신화 토머스 불핀치 지음	33 홍당무 쥘 르나르 지음	62 플랜더스의 개 위다 지음
05 셰익스피어 4대 비극 셰익스피어 지음	34 죄와 벌 도스토옙스키 지음	63 로빈 후드의 모험 하워드 파일 지음
06 셰익스피어 5대 희극 셰익스피어 지음	35 사랑의 학교 E. 데 아미치스 지음	64 안데르센 동화 안데르센 지음
07 탈무드 송년식 엮음	36 주홍 글씨 너대니얼 호손 지음	65 서유기 오승은 지음
08 노인과 바다 헤밍웨이 지음	37 동물 농장 조지 오웰 지음	66 바보 이반 톨스토이 지음
09 서머힐 A. S. 니일 지음	38 여자의 일생 모파상 지음	67 행복한 왕자 오스카 와일드 지음
10 이상한 나라의 앨리스 루이스 캐럴 지음	39 시턴 동물기 어니스트 시턴 지음	68 하이디 요한나 슈피리 지음
11 데미안 헤르만 헤세 지음	40 폭풍의 언덕 에밀리 브론테 지음	69 호두까기 인형 E. T. A. 호프만 지음
12 파브르 곤충기 파브르 지음	41 걸리버 여행기 조너선 스위프트 지음	70 크리스마스 캐럴 찰스 디킨스 지음
13 돈키호테 세르반테스 지음	42 젊은 베르테르의 슬픔 괴테 지음	71 왕자와 거지 마크 트웨인 지음
14 엄마 찾아 삼만 리 아미치스 지음	43 몬테크리스토 백작 알렉상드르 뒤마 지음	72 오이디푸스왕 소포클레스 지음
15 80일간의 세계 일주 쥘 베른 지음	44 좁은 문 앙드레 지드 지음	73 안나 카레니나 톨스토이 지음
16 수레바퀴 아래서 헤르만 헤세 지음	45 전쟁과 평화 톨스토이 지음	74 오만과 편견 제인 오스틴 지음
17 소공녀 프랜시스 호즈슨 버넷 지음	46 사람은 무엇으로 사는가 톨스토이 지음	75 체호프 단편선 체호프 지음
18 빨간 머리 앤 루시 모드 몽고메리 지음	47 해저 2만 리 쥘 베른 지음	76 피터 팬 제임스 매튜 배리 지음
19 톰 아저씨의 오두막집 해리엇 비처 스토 지음	48 로빈슨 크루소 대니얼 디포 지음	아버지와 아들 투르게네프 지음
20 백경 허먼 멜빌 지음	49 올리버 트위스트 찰스 디킨스 지음	적과 흑 스탕달 지음
21 부활 톨스토이 지음	50 허클베리 핀의 모험 마크 트웨인 지음	테스 토마스 하디 지음
22 카라마조프가의 형제들 도스토옙스키 지음	51 플루타르크 영웅전 플루타르크 지음	프랑켄슈타인 메리 셸리 지음
23 마지막 잎새 오 헨리 지음	52 베니스의 상인 셰익스피어 지음	위대한 유산 찰스 디킨스 지음
24 보물섬 로버트 스티븐슨 지음	53 작은 아씨들 루이자 메이 올컷 지음	댈러웨이 부인 버지니아 울프 지음
25 정글북 루디야드 키플링 지음	54 삼총사 알렉상드르 뒤마 지음	도련님 나쓰메 소세키 지음
26 제인 에어 샬럿 브론테 지음	55 소공자 프랜시스 호즈슨 버넷 지음	보바리 부인 플로베르 지음
27 장발장 빅토르 위고 지음	56 집 없는 아이 엑토르 말로 지음	플로스강의 물방앗간 조지 엘리엇 지음
28 비밀의 화원 프랜시스 호즈슨 버넷 지음	57 지킬 박사와 하이드 씨 로버트 루이스 스티븐슨 지음	캔터베리 이야기 제프리 초서 지음
29 15소년 표류기 쥘 베른 지음	58 오페라의 유령 가스통 르루 지음